古代文史名著选译丛书

主编 章培恒 安平秋 马樟根

萨都剌诗词选译

修订版

译注 龙德寿

审阅 曾枣庄

凤凰出版传媒集团 凤凰出版社

图书在版编目（CIP）数据

萨都剌诗词选译 / 龙德寿译注. -- 南京 : 凤凰出版社, 2011.5
（古代文史名著选译丛书）
ISBN 978-7-5506-0410-0

Ⅰ. ①萨… Ⅱ. ①龙… Ⅲ. ①古典诗歌－诗集－中国－元代 Ⅳ. ①I222.747

中国版本图书馆CIP数据核字(2011)第046061号

书　　名　萨都剌诗词选译
译 注 者　龙德寿
责任编辑　卞　岐
出版发行　凤凰出版传媒集团
凤凰出版社(原江苏古籍出版社)
南京市中央路165号　邮编 210009
发行部电话025-83223462
集团网址　凤凰出版传媒网　http://www.ppm.cn
照　　排　江苏凤凰制版有限公司
印　　刷　江苏凤凰通达印刷有限公司
南京市六合区冶山镇　邮编 211523
开　　本　960×1304毫米　1/32
印　　张　13.375
字　　数　217千字
版　　次　2011年5月第1版　2011年5月第1次印刷
标准书号　ISBN 978-7-5506-0410-0
定　　价　28.00元
(本书凡印装错误可向承印厂调换,电话:025-57572508)

《古代文史名著选译丛书》编委会

《古代文史名著选译丛书》修订版 出版说明

呈献在读者面前的这套《古代文史名著选译丛书》是2011年的修订版。全书共134册，包括了中国从先秦至清末两三千年间的著名典籍。每部典籍都选其精粹（《论语》《老子》则全文收录），收录原文，加以简明的注释，力求准确地译为现代汉语，并于每一篇之前写有对该文的提示性说明。这是近一个世纪以来，规模最大、收录种类相对齐全、译注质量较高的一套普及传统文化的今译丛书。

这套丛书，原在1992年—1994年由巴蜀书社分三批出齐，印行过万套；不久，又由台湾的出版机构买去海外版权在台湾及海外发行，可见这套丛书当年在两岸受欢迎的程度。时隔17年，丛书编委会决定重新修订，改由江苏凤凰出版集团所属的凤凰出版社出版。

这套丛书是由教育部属下的全国高等院校古籍整理研究工作委员会（简称古委会）于1985年策划的。古委会组织了全国18所大学的古籍整理研究所的所长任编委会编委，由我们三人任主编，在全国范围内选请学有专长的学者承担各书的译注。从1986年—1992年，历时7年完成。当时，编委会制订了严明、可行的体例和细则，译注者按要求完成书稿。每部书稿完成后，都在全国范围内请编委会之外的专门研究这一学术领域的两位专家初审，合格后再请两位编委参照初审意见审改，然后退还原译注者改正。待原译注者改正后，再由编委会集中常务编委和部分编委、相关专家在一地将每部书稿从头至尾审改。这样的集中审稿会一般都在8—15天，7年中开了12次审改会。审改后，三位主编再集中在一起逐一审定，交付出版社。这一工作程序，使得这套丛书的译注质量有了一定的提高。所以，这套丛书，在一定程度上是个人与多人合作的结果。关于这套丛书的编纂始末，我们曾在1992年4月全书交稿后写有一篇文章，这次附在修订版书末，便于读者了解。

这次修订，是交由原译注者自己修改。少数译注者已去世，则书稿一仍其旧。个别译注者已联系不上，也保持原貌。

1992年—1994年出版时，书前有当时古委会主任周林先生写的序。周林先生是这一丛书的发起者。他已于1997年6月去世，至今已14年了。为了尊重历史，也为了纪念他，修订版仍用他的序。

我们三人在1985年—1992年主持这套丛书工作时，年龄大的是从51岁到58岁之间，年龄小的是从44岁到51岁之间，那时尚有精力组织、参与这一工作，今天我们都已年逾古稀。全书修订版出版之际，心情似乎比当年更惴惴不安地期待着读者的评头品足，期待着不要对读者贻误太多。

回想这套丛书，真应该感谢我们的祖先为我们留下了这样深厚、丰富的思想、文化遗产，使我们今天仍然受用无穷。应该感谢这套丛书的全体译注者、审阅者、编委和当年的出版者巴蜀书社、今天的出版者凤凰出版社，是他们的学识、辛勤与真诚使得这套丛书得以面世。

章培恒　马樟根　安平秋

2011年3月15日

序

《古代文史名著选译丛书》与广大读者见面了。这是丛书编委会的同志与众多专家学者通力协作、辛勤耕耘的结果。

中华民族在五千年漫长的岁月里，创造了光辉灿烂的文化，给人类留下了丰富的精神财富。“观今宜鉴古，无古不成今”。今天，以马克思主义的科学理论为指导，整理研究我国古代文化典籍，做到汲取精华，剔除糟粕，古为今用，推陈出新，使人们在正确认识民族历史的同时，得到爱国主义的教育，陶冶道德情操，提高全民族的文化素质，促进社会主义文化的繁荣，使文明古国的历史遗产得以发扬光大，这是我们每个炎黄子孙的责任。而要做到这样,对古籍进行整理与研究是重要的基础工程。但是,整理与研究古籍仅作标点、校勘、注释、辑佚还不够,还要有今译,使老年人、中年人、青年人都愿意去读,都能读懂,以便从中得到教益。

基于以上认识,全国高等院校古籍整理研究工作委员会于 1986 年 5 月组成了以章培恒、安平秋、马樟根三位同志为主编的《古代文史名著选译丛书》编委会,确定了以全国十八所大学的古籍整理研究所为主力承担这一看似轻易、实则艰巨的今译任务。在第一次编委会议上,拟定了《凡例》、《编写与审稿要求》、《文稿书写格式》和一百余种书目。以每一种书为十万至十五万字计算,这套丛书大约有一千余万字,应该说是一项大工程。经过一年的努力,完成了第一批三十六部书稿的译注任务。在各研究所的专家与所长把关的基础上,于 1987 年 5 月和 7 月,先后在复旦大学、北京大学召开了部分编委参加的审稿会,通过了二十五部书稿,作为《古代文史名著选译丛书》与广大读者见面的第一批作品。与此同时,在 1987 年 7 月 6 日,邀请了在京的十几位专家教授与编委会十几位编委一起座谈这套丛书与古籍今译的问题。专家们肯定了今译工作的必要性与深远意义，并以他们数十年的教学科研和创作的经验，说明今译是一项难度很大的工作，是培养人才，使之打下坚实基本功的一种有效方法；专家们还对《古代文史名著选译丛书》提出了宝贵的建议，这对当时的审稿工作和保证《丛书》的质量起了很好的作用。

实践证明，古籍的今注不易，今译更难。没有对作品的深入、透彻的研究，没有准确、通俗、生动的语言表达能力，要想做好今译是不可能的。两年多来，全国高等院校古籍整理研究工作委员会在探索古籍的今注、今译的道路上，做了一些工作。这部丛书的出版，是系统今译的开始，说明古籍整理研究工作有了新的进展。更可喜的是，一批中青年学者参加了今注今译工作，为古籍整理增添了新生力量，相信他们会在实践中，在学习中，成长成熟。我希望，这套丛书的编委会和高校各古籍整理研究所要敞开大门，加强同国内外专家学者的联系，征求他们和广大读者的意见，并向有真才实学而又适宜做今译工作的专家学者约稿，以提高古籍译注的水平，使《古代文史名著选译丛书》的第二批、第三批作品的质量更上一层楼。

这是一套以文史为主的大型的古籍名著今译丛书。考虑到普及的需要,考虑到读者对象,就每一种名著而言,除个别是全译外,绝大多数是选译,即对从该名著中精选出来的部分予以译注,译文力求准确、通畅,为广大读者打通文字关,以求能读懂报纸的人都能读懂它。我希望这套丛书能成为中小学教师的语文、历史教学的参考书,成为大专院校学生的课外读物,成为广大文史爱好者的良师益友。由于系统的古籍今译工作还刚刚起步,这套丛书定会有不少缺点、错误,也诚恳地希望读者批评指正。

巴蜀书社要我为这套丛书写序,我欣然接受了。我相信这套丛书不仅会使八十年代的人们受益,还将使子孙后代受益,它将对祖国的繁荣昌盛起到点滴的作用。最后借此机会向曾给予我们支持、帮助的专家学者和巴蜀书社的同志表示衷心的感谢!并殷切地希望台湾同胞、港澳同胞、海外侨胞和我们一同做好祖先留给我们的文化遗产的整理工作,为中华民族灿烂的文化再放异彩而努力!

周　林

1987年10月于北京

目　录

前　言

萨都剌,字天锡,号直斋,是有元一代负有盛名的回族诗人。他祖父思兰不花,父亲阿鲁赤,世以膂力起家,战功卓著,曾受元世祖、元英宗的重用,派他们去镇守云州、代郡。于是便在雁门(今山西代县)定居。世祖至元九年(1272),萨都剌在雁门出生。

萨都剌是武将的后代,但他已不再继承祖父和父亲南征北战的戎马生涯,舍弓马而事诗书。他从小受过良好的文化教育,因而对中国的历史,对中国的传统文化,都有很深的了解。他不仅是诗人,还兼通书、画,是个多才多艺的少数民族作家。

如果从世祖至元八年(1271)古蒙国改国号为

元开始计算，到至正二十八年(1368)元顺帝被朱元璋赶出北京为止，那么萨都剌身经十一主，从世祖到顺帝，历八十余年，几乎同元朝相始终。他的祖父和父亲虽然受过朝廷的重用，他们又是元代仅低于蒙古人的色目人。但他在五十四岁前，没有机会进入仕途。而家庭已落魄到“家无田、囊无储”(《溪行中秋玩月》诗序)和“家口相煎百忧集”(《醉歌行》)的困境。五十五岁时虽以三甲进士及第，但终其一生，官高不过七品。因此，诗人一生经历坎坷，总是抑郁不得志。

诗人在三十岁前，家庭虽然贫穷，生活重担还没有落到他肩上，过着读书交游的清闲日子。因而留下的几首早期习作中，内容比较空泛。三十岁之后，情况有了变化，兄弟三人，他为长，不能不为家庭分忧。他虽胸怀济世之才，却没有机会施展，因为元统治者入主中原后，废除科举制度几十年。为了谋生，诗人迫不得已，在成宗大德六年(1302)，从家乡雁北出发，远到南方经商：“北人徇利多南趋”(《芒鞋》)。他先流落到江苏镇江，后来又漂泊到湖北孝感：“鸿雁飞南北，关河隔弟兄。水通郧子国，舟泊汉阳城”(《寄舍弟天与》)。他从雁北跋涉到江南，又从长江下游漂泊到长江中游，备尝东奔西走、顶风冒雪的苦味："严霜烈日太行坡，斜风猛雨瓜洲渡"（《芒鞋》）；"虽云少年惯作客，便觉此日难为情"（《崔镇阻风有感》）；"青春背我堂堂去，黄叶无情片片飞"（《述怀》）。他不仅没有盈余，而且还亏了本，弄得两手空空。到了重阳佳节，别人饮酒赏菊，他却连买一壶酒的钱也掏不出来，只得躲在异乡的客店里，独自咏叹，抒发寂寞苦痛的心情："寥落天涯岁月赊，每逢佳节每思家。无钱沽得邻家酒，不敢开窗看菊花"；"佳节相逢作远商，菊花不异故人乡。无钱沽得邻家酒，一度孤吟一断肠"（《客中九日二首》）。可想诗人当时处境是多么狼狈。

经过几年的流落之后，从自己的切身体验中，开始认识社会，对一些社会现象感到不满。那些不读书不识字的豪门子弟，过着骄奢淫佚的生活，从来不知什么叫愁苦，而像他这样怀才不遇的读书人，却长年为生活疲于奔命，弄得焦头烂额，因而胸中愤愤不平。在《醉歌行》、《崔镇阻风有感》、《客中九日二首》、《述怀》、《安分》、《芒鞋》等诗中，形象而真实地反映了诗人经商时期的思想情绪。

诗人远游经商是被家庭的穷困生活所迫，再通过几年的闯荡之后，越来越感到，除了白白消磨青春，遭受折磨之外，没有丝毫利益可图。于是在成宗大德十年（1306），诗人弃商回到家中，一切听从天命安排："客身去住与心违，误掷渔竿下钓矶"（《述》）；"朝朝迎送名利客，身身消薄非良图"（《芒鞋》）。"万事皆由天理顺，何愁衣禄不周全"（《安分》）。从此，便广交诗友，切磋诗歌创作的奥秘。他同当时文坛上的名人都有往来，像卢疏斋、吴幼清、虞伯生、安敬仲、杜清碧、萧惟斗、黄晋卿等等。

元仁宗皇庆二年（1313），诏令恢复科举，这给一些读书人，提供了施展才华的机会。经过一段时间的准备之后，于泰定四年（1327），萨都剌以三甲进士及第。这时他已年过半百，仍以为自己一展鸿图大略的机会已经到来。因而他抑制不住内心的喜悦和感激之情："卿云五彩中天见，圣泽千年此日遭"（《丁卯及第谢恩崇天门》）；"小臣涓滴皆君赐，惟有丹心答圣明"（《赐恩荣宴》）。这与他在《醉歌行》等诗中抒发的思想感情自然不同了。当年秋天他被派往江苏镇江录事司任达鲁花赤。从此，他步入官场，开始了二十多年的宦游生涯。历任翰林国史院应奉文字、行御史台掾史、肃政廉访司架阁官、知事、经历、行中书省郎中、行御史台侍御史等职。这些都只是九品至七品的小官,从未任过要职。而且调动频繁,长年疲于宦游。他任职到过的地方有江苏镇江、南京、浙江杭州、福建福州、河北正定、河南开封、安徽合肥等。他为官清正,勤政爱民。每到一地,都想有所作为。他在镇江录事司任职时,曾开仓救济饥民,禁止巫蛊,移风易俗。据《镇江府志》载:"萨都剌,天历元年授录事司达鲁花赤。始至,设阛阓(市中商店),制权衡,俾市物者各得其平。岁大祲,白太守发廪以赈,全活数十万人。俗尚巫,以祸福惑愚民,都剌捕治之。"他在江南诸道行御史台任侍御史时,因弹劾权贵的不法行为而遭贬谪。

萨都剌进入仕途之后,大志虽未得伸。但随着阅历的增长,视野的扩大,他的诗歌已突破个人怀才不遇的局限,涉及国家的兴衰、人民的苦难,跳动着时代的脉搏,具有较强的时代气息。

至正十年(1350)他被贬到淮西江北道廉访司任经历。至正十三年(1353),诗人已八十二岁。为避战乱,逃到杭州,随后又赴绍兴,他在萧山和山阴建两草堂暂居。至正十五年(1355),又从浙东流落到安徽安庆，结庐于司空山下。从此，他的事迹无复可考。据《江南通志·流寓》载："元萨天锡，泰定进士，为燕南廉访司照磨，登司空太白台，叹曰：此老真山水精也。遂结庐其下，避世终焉。"

萨都剌生前就把自己的诗歌编定为《雁门集》，并请干文传为其写序。虞集、杨维桢等人对萨都剌诗都有较高的评价。由于萨都剌的经历，从经商到宦游，足迹遍及长城内外、大江南北的山山水水，接触到各阶层的人物，目睹各阶层的生活状况，瞻仰过许多名胜古迹，因而反映在他的诗歌里，题材广泛，内容丰富多彩。就其思想价值而论，首推描写社会现实矛盾的诗歌。萨都剌宦游各地，亲眼见到官吏们的横征暴敛及广大劳苦人民在天灾人祸的迫害之下，在饥饿线上挣扎。他对人民的苦难深表同情，对搜刮民脂民膏供自己享乐而不顾人民死活的官吏进行无情的抨击。如《鬻女谣》一诗，写的就是贫苦农民实在无法活下去，不得不卖掉亲生女儿的情景："道逢鬻女弃如土，惨淡悲风起天宇。荒村白日逢野狐，破屋黄昏闻啸鬼。""人夸颜色重金璧，今日饥饿啼长途。"诗人满怀愤怒地写道："悲啼泪尽黄河干，县官县官何尔颜！金带紫衣郡太守，醉饱不问民食艰。传闻关陕尤可忧，旱荒不独东南州。枯鱼过河泽雁叫，嗷嗷待食何日休!”

又如《早发黄河即事》一诗，诗人用写实的手法，揭露官吏们的横征暴敛。把贵族子弟荒淫无度的生活，同生活在水深火热之中的人民作了鲜明的对比。形象而深刻地揭示贫富悬殊的社会矛盾。“尝新未及试，官租急征求。两河水平堤，夜有盗贼忧。长安里中儿，生长不识愁。朝驰五花马，暮脱千斤裘。斗鸡五坊市，酣歌最高楼。绣被夜中酒，玉人坐更筹。岂知农家子，力穑望有秋。裋褐常不完，粝食常不周。丑妇有子女，鸣鸡事耕畴。上以充国税，下以祀松楸。去年筑河防，驱夫如驱囚。人家废耕织，嗷嗷齐东州，饥饿半欲死，驱之长河流。”

有的诗篇，描写战争造成的残破景象，抒发反战情绪，表达了人民的共同心愿。如在《漫兴》一诗中，揭露皇室内部为争帝位而发动内战给人民带来的灾难：“去岁干戈险，今年蝗虫忧。关西归战马，海内卖耕牛。”又如《过居庸关》一诗，诗人淋漓尽致地揭露战乱留下的凄凉、恐怖景象之后，情不自禁地大声疾呼：“居庸关，何峥嵘！上天何不呼六丁，驱之海外消甲兵？男耕女织天下平，千古万古无战争！”在《题画马图》一诗中，诗人借题发挥，也喊出同样的声音：“要令四海无战争，千古万古歌太平！”

有的诗篇，诗人大胆地揭露皇室内部尔虞我诈、互相残杀的丑闻，填补官修史书多忌讳的空白，具有诗史的价值。如《寒夜闻角》、《漫兴》影射怀王图帖睦尔和太子阿速吉八在各自派系的支持下而爆发的内战；《记事》一诗，诗人直言不讳地批评文宗不守诺言，杀害其兄周王和世㻋而篡位自立史实；《过高唐》、《题高唐驿》则是揭露周王和世㻋的儿子妥欢帖睦尔即位后，为报文宗杀父之仇，放逐和杀害无辜的文宗后及其子燕帖古思的事件。这些纪事诗，写别人之不敢写。清代顾嗣立在《读元史》诗之一中，给以很高的评价：“史氏多忌讳，纪事只大抵。独有萨经历，讽刺中肯綮。游魂洒泪诗，千载笑兄弟。”

至于揭露宫廷穷奢极欲、权贵和宠幸们荒淫无度的诗篇，则有《上京杂咏》、《伤思曲哀燕将军》、《百禽歌》等。

诗人褒贬分明，对廉洁正直的官员则给以鼓励和赞扬。如《赠同年莫州县尹米思泰》、《送广信司狱》、《寄朱县尹》、《湖南张子寿钦点第一人，弹劾权贵，左迁西台御史，旋拜前职，素有退志，故举兼善劝之》等。

其次，吊古伤今之作，是萨都剌诗歌的另一个重要内容。诗人虽是色目人，他却没有民族偏见，能站在一定的历史高度评论历史人物，借古喻今。这类诗作在《雁门集》里，占了很多篇幅。如《姑苏台怀古》为伍子胥慨叹；《延陵曲》、《季子庙》赞颂吴公子季札让国的高洁，讽刺文宗弑兄篡位；《彭城怀古》为项羽惋惜；《登歌风台》缅怀刘邦业绩；《过淮阴》为韩信鸣冤；《回风坡吊孔明先生》表扬孔明光照日月；《过李陵台》批评李陵投降匈奴，称赞苏武坚持汉节；《过孙园》追念抗元英雄孙虎臣；《过贾似道废宅》斥责南宋权奸，等等。

第三，描绘雄奇壮美的名山大川，寄托对祖国无限热爱的情怀。萨都剌走遍"荆楚燕赵闽越吴"（《溪行中秋玩月》），每到之处，他一定要登临瞻仰，而且沉醉于自然风光之中，流连忘返。他在《晓上石壁滩》中说："过江日日水与山，诗人得趣如得官。"据徐象梅《两浙名贤录》载："天锡寓居武林，博雅工诗文，风流俊逸。每风日晴美，辄肩一杖，挂瓢笠，脚踏双不藉，走两山间。凡深岩邃壑、人迹所不到者，无不穷其幽胜。至得意处，辄席草座，徘徊终日不能去。兴至则发为诗歌，今两山间多有遗墨。”说明他的山水诗，不是从抽象的概念或想象出发，而是身临其境，细心观察，会心于山林泉石之间，援笔成诗，情景交融，妙趣天成。如《上京即事》写的是大漠草原风光：“牛羊散漫落日下，野草生香乳酪甜。卷地朔风沙似雪，家家行帐下毡帘。”《平望驿道》、《过嘉兴》、《练湖曲》、《兰皋曲》等又是江南水乡泽国的景象；《度岭舆至崇安命棹建溪》、《望武夷》等又是武夷九曲、丹山碧水的写照；《大别山》是吴、楚大地的茫茫秋色；《黄河舟中月夜》是月夜黄河泛舟所见。每一首山水诗，都有其独自的特色。

萨都剌诗歌涉及的内容远不止上述三个方面。诗人毕竟是封建时代的文人，距今六百多年，他的思想不可能超出时代的局限。在他的诗作中，既有精华，也有糟粕。即便在那些脍炙人口的山水诗中，也流露出人生如梦、及时行乐等思想情绪。有的诗甚至去歌颂元统治者对瑶民的镇压，如《送管元帅南征》、《送刘照磨之桂林》等。

萨都剌成功运用他那时已有的各种诗体来抒

写自己的感情。毛晋说:“天锡以北方之裔而入中华,日弄柔翰,遂成南国名家。今其诗诸体俱备,磊落激昂,不猎前人一字。半山云:‘看似寻常最奇崛,成如容易却艰辛。’余于天锡亦云。”这一评论是公允的。

萨都剌的创作风格,清新俊逸是其主导。被誉为元诗四大家之首的虞集说:“大德中文章辈出,赫然鸣其治平者则浦城杨仲宏、江右范德机其人也。其后,马伯庸中丞用意深刻,思致高远,自成一家。而进士萨天锡者,最长于情,流丽清婉,作者皆爱之”(《清江集序》)。“进士萨天锡最长于情,流丽清婉。今观所作集,殆定评”(《四库全书简明目录》)。但由于他的诗歌题材多种多样,而创作风格也随题材的变化而富于变化。从他同时代以及明、清作家对他诗歌的评论中,也得到证明。受诗人之托而为《雁门集》作序的干文传在序中说:吾友萨天锡“尝出其所作之诗曰《雁门集》者见示,予得以尽观。其豪放若天风海涛,鱼龙出没;险劲如泰华云门,苍翠孤耸;其刚健清丽,则如淮阴出师,百战不折,而洛神凌波,春花霁月之婕娟也。有诗人直陈之事,有援彼状此托物兴词之义。可以颂美德而尽乎群情,可以感人心而裨乎时政。周人忠厚之意具在，乃以一扫往宋委靡之弊矣。"到了明、清，有人说他像北朝的温子昇、庾子山；有人说萨公之诗似长吉；有人说天锡善学义山；有人说天锡诵法青莲，等等。说法各异，实则说明萨都剌善于学习前代诗人的不同创作风格，在似与不似之间形成自己绚丽多姿的艺术特色。

《萨都剌诗词选译》，共选诗、词一百七十余首。依据旧本《雁门集》目录编次，并参照其他刊本，按时间先后，有所调整。

关于萨都剌的生年、卒年，族别、籍贯，历来分歧很大，至今仍无定论。这里只从一家之言，余则略而不论。

翻译古代诗、词，给我提供一个很好的学习机会。在翻译过程中，深感要译出原诗、词的风神韵味，实在不是一件易事。加之个人水平所限，谬误一定难免。恳请专家和读者指正。

龙德寿（北京师范大学古籍与传统文化学院）

练 湖 曲

练湖，又名练塘，在今江苏丹阳。此诗作于天历二年(1329)七月，诗人完全陶醉在练湖的山光水色之中，并把那美丽迷人的景色描绘出来，流露出诗人想辞官来此归隐，尽情享受这无穷的自然乐趣。

练湖七月凉雨通，白水荡荡芙蓉红①。
芙蓉红尽早霜下，鸳鸯飞去何匆匆②。

---

① 芙蓉：即荷花。 ② 鸳鸯(yuān yāng 渊央)：水鸟名，雌雄常形影不离。

茜塘儿女弄轻碧①，呜榔声断无消息②。
清波小藻出银鱼，落日吴山秋欲滴。
望湖楼上云茫茫③，鸟飞不尽青天长。
丹阳使者坐白日④，小吏开罂官酒香⑤。
倚栏半醉风吹醒，万里湖光落天影。
挂冠何日老江南⑥，裋褐纶巾上渔艇⑦。

【翻译】

练湖七月下雨非常清凉，
白波荡漾荷花分外鲜红。
荷花落尽了秋霜早降，
鸳鸯飞去为什么这般匆匆。
茜塘女儿划动小船在碧波中泛游，
榔子声停少女们无声无息。
清波小藻中跳出银鱼，

① 茜（qiàn 欠）塘：茜，茜草，根可做红色染料。湖中荷花映红了练湖，故称茜塘。 ② 榔：捕鱼时用来击船惊鱼的木棍。 ③ 望湖楼：在练湖旁，观赏练湖风景的楼台。 ④ 丹阳：今江苏丹阳。 ⑤ 罂（yīng 婴）：大腹小口的盛酒器。 ⑥ 挂冠：脱下官帽。意为辞官或年老退休。 ⑦ 裋褐（shù hè 树贺）：粗布衣服。纶（guān 官）巾：古时用青丝带编的头巾，又名诸葛巾，相传为三国时诸葛亮所创。

落日映照吴山秋色欲滴。
望湖楼上云海茫茫，
鸟飞不尽蓝天空旷。
丹阳使者整天坐在楼上欣赏，
小吏打开酒坛官酒发出芳香。
倚着栏干醉意半酣被风吹醒，
万里湖光映出天空的倒影。
何日辞官归隐到江南，
粗布衣服青色头巾坐上打鱼艇。

鬻女谣[①]

此诗约作于天历二年(1329)。据《元史·五行志·文宗本纪》等记载:天历元年(1328)八月,杭州、嘉兴、平江、湖州、建德、镇江、池州、太平、广德等九郡发生水灾,淹没农田一万四千多顷。而真定、河间、大明、广平、峡州等五州四十三县则大旱。仅山东就有灾民六十七万六千多户,陕西有一百二十三万四千余。就在此时,文宗诏令在建康(今江苏南京)修建龙翔集庆寺,在蒋山修建崇禧万寿寺等。由于大兴佛寺,更加重了人民的负担,逼得老百姓卖儿卖女。诗

① 鬻(yù 育):卖。

人把被卖的少女和皇后的富贵作了鲜明的对比，深刻地揭露了当时的社会现实。

扬州袅袅红楼女①，玉笋银筝响风雨②。绣衣貂帽白面郎③，七宝雕笼呼翠羽④。冷官傲兀苏与黄⑤，提笔鼓吻趋文场⑥。平生睥睨纨裤习⑦，不入歌舞春风乡⑧。道逢鬻女弃如土，惨淡悲风起天宇⑨。荒村白日逢野狐，破屋黄昏闻啸虎。闭门爱惜冰雪肤，春风绣出花六株。人夸颜色重金璧⑩，今日饥饿啼长途。悲啼泪尽黄河干，县官县官何尔颜！金带紫衣郡太守⑪，醉饱不问民食艰。

---

① 红楼女：华丽楼房中的歌女。 ② 玉笋：女人洁白纤细的手指。筝：古代一种弦乐器。 ③ 貂：动物名。皮毛很贵重。白面郎：指游手好闲的富家子弟。 ④ 七宝雕笼：镶嵌着七种珠宝的雕花鸟笼。翠羽：翠色鸟羽，这里指代鹦鹉一类的鸟。 ⑤ 冷官：职位低而被冷落的官。苏轼诗："短日送寒砧杵急，冷官无事屋庐深。"苏与黄：即苏轼和黄庭坚。诗人自比苏、黄。 ⑥ 文场：即文坛，文人聚会之地。 ⑦ 纨裤：原指贵族子弟穿的细绢裤。诗中指富家子弟。 ⑧ 歌舞春风乡：指歌楼妓馆。 ⑨ 天宇：天空。 ⑩ 金璧：黄金和白璧。全句意为女子的容颜比黄金、白璧都贵重。 ⑪ 金带紫衣：泛指官服。太守：官名。秦为郡守，汉为太守，汉以后也称知府为太守。

传闻关陕尤可忧①，旱荒不独东南州②。枯鱼吐沫泽雁叫③，嗷嗷待食何时休？汉宫有女出天然，青鸟飞下神书传④。芙蓉帐暖春云晓，玉楼梳洗银鱼悬⑤。承恩又上紫云车⑥，那知鬻女长欷歔。愿逢昭代民富腴⑦，儿童拍手歌《康衢》⑧。

【翻译】

扬州婀娜多姿的红楼女，

纤纤玉手拨弄银筝声如风雨。

还有那绣衣貂帽的白面郎，

提着七宝雕笼呼叫翠羽。

傲世的冷官苏轼、黄庭坚，

鼓着嘴巴提笔走进文场。

---

① 关陕：指关中陕西一带。 ② 东南州：指河南、山东、安徽、江苏、浙江等受灾的州郡。 ③ 枯鱼：干鱼。典出《庄子·外物》：庄周在途中，见一鲋鱼向他求斗升之水活命。庄周说，让他南游吴、越之土，激西江之水，再来救它。鲋鱼生气地说："君乃言此，曾不如早索我于枯鱼之肆！"全句喻陷于饥饿困境的老百姓需要救济。 ④"青鸟"句：相传，七月七日，有一青鸟飞到承华殿前。东方朔告诉汉武帝西王母即将到来，不一会儿果如其言。后以青鸟指代传信使者。 ⑤ 银鱼：银饰之鱼。 ⑥ 紫云车：帝王或皇后乘坐的宫车。 ⑦ 昭代：政治清明的时代。 ⑧《康衢》：《康衢谣》，古童谣。

平生蔑视纨绔子弟的恶习，
从不进入歌楼舞妓春风乡。
路上遇着卖女的像弃尘土，
悲惨的风云从天空生起。
荒村里白天也碰上野狐狸，
破屋内黄昏时听见长啸的虎。
闭门不出爱惜冰雪似的肌肤，
春风已绣出了鲜花五六株。
人们都夸美丽容颜如金、璧，
今日忍饥挨饿啼哭在长途。
悲哀啼哭流尽眼泪黄河干，
县官啊县官，你还有什么脸面？
还有金带紫衣的郡太守，
酒醉饭饱不过问人民的衣食艰难。
传说关陕地区更令人担忧，
大旱灾荒不只东南几个州。
仿佛枯鱼吐沫和泽畔雁哀叫，
嗷嗷等待食物的叫声何时是尽头？
汉家宫内的美女出自天然，
青鸟飞下人间来把神书传。
芙蓉帐内温暖春天雾散云消，
楼上梳妆打扮把银鱼悬。

承蒙皇恩又登上紫云车，
怎么知道被卖女儿长声嘘叹。
但愿遇上清明时代人民富裕，
儿童们鼓掌唱《康衢》。

燕 姬 曲

诗题，有的本子作《杨花》。北京古为燕国，简称燕。姬，是对妇女的美称。燕姬，即燕都的美女。此诗作于至顺二年（1331），诗人在翰林院任应奉文字。诗人对一个怀春少女的外形和内心进行细致入微的描绘，对少女身心不得自由寄寓深切的同情，体现出萨都剌诗“流丽清婉”的风格。

燕京女儿十六七①，颜如花红眼如漆②。
兰香满路马尘飞③，翠袖短鞭娇滴滴④。
春风澹荡摇春心⑤，锦筝银烛高堂深⑥。
绣衾不暖锦鸳梦⑦，紫帘垂雾天沉沉。
芳年谁惜去如水⑧，春困著人倦梳洗。
夜来小雨润天街⑨，满院杨花飞不起。

【翻译】

燕京的少女刚满十六七，
容颜像花红，眼珠似黑漆。
兰香满路，马蹄扬起烟尘飞，
翠袖笼着短鞭娇羞滴滴。
春风荡漾摇动她那怀春的心，
银烛高照拨弄锦筝闺房幽深。
锦被不暖做不成鸳鸯梦，
紫帘下垂，晨雾弥满，天色昏沉沉。
谁来怜惜美好的年华去如流水，

---

① 燕京：即元大都北京。 ② 漆：形容黑色。 ③ 兰香：兰花一样的清香。 ④ 翠袖：翠绿色的衣袖。 ⑤ 春心：指少女思恋婚嫁。 ⑥ 筝：一种弦乐器。高堂：燕姬住处。 ⑦ 衾：被子。 ⑧ 芳年：喻美好的年岁，指青春年少。 ⑨ 天街：京城的街道。

春天真使人困乏懒于梳洗。

夜来细雨濛濛润湿了京都街道，

满院的杨花不能随风飘起。

伤思曲十首

诗题，有的本子作《如梦曲哀燕将军》或《伤思曲哀故将军燕公》。燕将军，指燕帖木儿，元文宗的权臣，钦察人，功臣土土哈之孙。原为元武宗海山的亲信。泰定帝致和元年(1328)，任佥枢密院事，掌宿卫。七月泰定帝死于上都，燕帖木儿在大都发动兵变，派人到江陵迎图帖睦尔到大都即位，是为文宗。他以拥立之功，封太平王，拜中书省右丞相、知枢密院事，加答刺罕号。所获赏赐不计其数。他横行无忌，穷奢极欲。取泰定后为夫人，前后尚宗室女四十人，有的交礼三日即遣回家。至顺三年(1332)文宗死，遗命立其兄明宗之子为帝，燕帖木儿为了便于控制，欲立文宗幼子燕帖古思，文宗后不允。他又立明宗次子懿璘质班，在位五十三日而亡。在文宗后的坚持下，只得立明宗子妥欢帖睦尔，是为顺帝。于是燕帖木儿害怕害死明宗的阴谋败露，心情不安，加上荒淫无度，溺血而死。这组诗一共十首，诗人巧妙地运用歌谣体的形式，对燕帖木儿进行辛辣的揭露和讽刺。

其　一

芙蓉花①，为谁好，洞房昨夜将军老②。
将军老去空铁衣③，漆灯照室人不归。

【翻译】

芙蓉花儿，
为谁长得这么娇好？
洞房内昨夜将军死去了。
将军死去只留下铁甲衣，
漆灯照着空房人不归。

---

① 芙蓉花：即荷花，诗中喻美女。 ② 洞房：原指深邃的内室，后称新婚夫妇的新房。 ③ 铁衣：指盔甲。

其　二

宫锦袍①,毡帐高②,将军夜酌凉葡萄。
葡萄力重酒不醒,美人犹在珊瑚枕。

【翻译】

宫中锦绣袍,
毡帐立得高,
将军夜斟美酒凉葡萄。
酒力很重一醉不复醒,
美人仍然独自伴着珊瑚枕。

其　三

海子头③,谁家楼,绣帘半卷风悠悠。
行人谓是将军府,将军不回罢歌舞。

---

① 宫锦袍:指宫中穿的官服。 ② 毡帐:用毛毡做的帐篷,形似蒙古包。 ③ 海子:湖。据《元史·河渠志》:海子一名积水潭,北京西北各泉之水,汇流于其中。

【翻译】

海子头，

谁家楼？

绣帘半卷凉风悠悠。

路人说是将军府，

将军一去不回，停止了歌舞。

其　四

将军容，丹砂红①，威风凛凛盖世雄。

出门千骑塞行路，今日萧萧去何处。

【翻译】

将军的面容，

像丹砂一样红，

威风凛凛堪称盖世英雄。

当年出门千骑簇拥堵塞人行路，

今日风雨萧萧不知去向何处？

① 丹砂：又名硃砂，矿物名。颜色鲜红，可做颜料。

其　五

平村曲，春水绿，将军猎回曾此宿。
将军一去成荒丘①，依旧平村春水流。

【翻译】

平村隐秘处，
春天水泛绿，
将军打猎回来曾在此住宿。
将军死去已变成荒丘，
平村春水依旧滚滚流。

其　六

皂雕鹰②，紫骝马③，将军围猎平沙野。
朔风萧萧次野寒④，将军战马游不还。

【翻译】

黑色雕鹰，

---

① 荒丘：荒凉的废墟。 ② 皂雕鹰：黑褐色的凶猛猎鹰。 ③ 紫骝马：良马名。又名枣骝马。 ④ 次：停留。

紫骝骏马，

将军围猎奔驰在平沙旷野。

北风萧萧留住野外刺骨寒，

将军的战马远游不复还。

其　七

将军功，世莫比，皇都甲第连云起①。

将军一去空锁门，上马台前无一人②。

【翻译】

将军的功勋，

世上没有谁能比，

大都的府第和云霄连在一起。

将军死去高楼空空锁大门，

上马台前没有一个人。

---

① 皇都甲第：皇都，元大都北京。甲第，这里指燕帖木儿的住宅。至顺二年(1331)，文宗为他在兴圣宫的西南建造宅第。 ② 上马台：即官员们上马时踩的石台。

其　八

皓齿歌，细腰舞，绿窗朱户将军府。
将军老去无少年，半为野草半荒田。

【翻译】

明眸皓齿歌，
扭动细腰舞，
绿窗红门那是将军府。
将军死去没有少年，
一半长野草，一半变荒田。

其　九

如花人，樱桃唇，旁人近前丞相嗔。
繁华日日笙歌动[1]，世事悠悠总如梦。

【翻译】

像鲜花似的美人，

① 笙：管乐器名，大的十九簧，小的十三簧。

樱桃般的小嘴唇，
旁人稍近丞相怒气生。
繁华时节天天歌声震天地，
人事悠悠总像一场梦。

其 十

朝作乐，暮作乐，朝暮杯盘金错落①。
月落日出东方明，欢乐未已悲歌生。

【翻译】

朝作乐，
暮作乐，
朝朝暮暮杯盘错落。
月落日出东方已黎明，
欢乐未停悲歌又生。

① 金错落：名贵的酒器。

征 妇 怨

诗人从一个征妇的遭遇，反映战争给老百姓带来的灾难，流露出对元统治者穷兵黩武的不满。元代统治中国将近一百年，战乱不断。诗中“云山烟水隔吴越”，影射朝廷下令进攻云南，镇压彝族反抗的战争。至顺元年(1330)五月，云南宣慰使土官禄余因讨伐秃坚有功，授参知政事的官职。随后禄余又去投靠秃坚，彝族首领们相继造反，平章帖木儿不花被杀，朝廷令云都思帖木儿率江浙、河南、江西三省的两万兵马，与湖广省脱欢共同进军征讨。至顺二年(1331)四月，阿剌忒纳失里及各省兵十余万进擒伯忽阿禾，斩之。云南东部的彝族首领们降服，恢复了中庆路。

有柳切无栽长亭①，有女切无归征人。长亭杨柳自春色，岁岁年年送行客。一朝羽檄风吹烟②，征人远戍居塞边。辚辚车马去如箭③，锦衾绣枕难留恋。黄昏寂寞守长门④，花落无心理针线。新愁暗恨人不知，欲语不语颦双眉⑤。妾身非无泪，有泪空自垂。云山烟水隔吴越⑥，望君不见心愁绝。梦魂暗逐蝴蝶飞，觉来羞对窗前月。窗前月色照人寒，迟迟钟鼓夜未阑。灯阑有恨花不结，妆台尘惨恨斑斑。半生偶得一锦字⑦，道是前年苦战

---

① 长亭：古代设在路边的亭舍，古人常在长亭与亲友饯别，并有折杨柳枝相赠的风俗。 ② 羽檄：羽，羽毛。檄，写在木简上调动军队的命令。情况紧急时，插上鸟羽，称羽檄。风吹烟：传送战争的信号。烟，烽火。 ③ 辚辚：车轮的响声。④ 长门：汉宫名。陈皇后失宠后，独居长门宫。后来用“守长门”作寡居妇女的代称。 ⑤ 颦（pín 频）：皱眉头。 ⑥ 吴越：古代吴国和越国的所在地，今江苏、浙江、江西等地。 ⑦ 锦字：指书信。《晋书》载：窦滔妻苏氏织锦为《回文璇玑图》诗，赠给她的丈夫，后来通常把“锦字”作为妻子寄给丈夫的书信。本诗则是丈夫给妻子的信。

时。一朝血杵烟薮除①,腰间斜挂三珠虎②。妾身自喜还自惊,门前忽闻凯歌声③。锦衣绣服归故里④,不思昔日别离情。别离之情几青草,镜里容颜为君老。黄金白碧买娇娥⑤,洞房只道新人好⑥。

【翻译】

有柳树切记不要栽种在长亭,
有女儿切记不要嫁给出征人。
长亭杨柳春天一来泛青色,
岁岁年年都要送走远行客。
一天紧急军令传来烽烟,
征人离家镇守要塞边。
车声辚辚,战马飞驰快如箭,
锦衾绣枕实在很难留恋。
黄昏寂寞只得独自守长门,

① 血杵(chǔ 楚):杵,是古代战争的武器。血杵,即血战。烟薮:指硝烟弥漫。喻战争。 ② 三珠虎:元代统领万兵的称万户,佩带金虎符,虎头上嵌有明珠,分为上、中、下三级,有三珠、二珠、一珠。三珠虎,指立了战功,统领万兵,封为万户。 ③ 凯歌:指打胜仗后唱的歌。 ④ 锦衣绣服:指官服。故里:故乡或老家。 ⑤ 娇娥:美貌女子。 ⑥ 洞房:新婚夫妇住的新房。

春去花落没有心思穿针引线。
新愁旧恨没有人们理解，
想说又不好开口，只能紧皱双眉。
我自己不是没有伤心泪，
有了眼泪也只能暗自往下垂。
云山烟水远远隔着吴和越，
望不见夫君心里忧愁欲绝。
梦中偷偷追随那翩翩的蝴蝶，
醒来羞于面对窗前月。
窗前那清冷的月色照心寒，
报更的钟鼓迟迟不响夜漫漫。
油灯烧尽不结灯花，
梳妆台堆满尘土恨斑斑。
半生偶然接到一封信，
诉说前年战时受的苦。
一旦血流漂杵的战火已消除，
腰间斜挂着三颗珍珠虎。
我喜不自禁又感到吃惊，
门前忽然传来凯歌声。
锦衣绣服得意洋洋回故乡，
不念过去难舍难分的别离情。
离别之情缠绕多少年，

镜里的容颜已为你衰老。

而今黄金白壁去买小娇娥，

洞房花烛之夜只知夸奖新人好。

芙 蓉 曲

有的本子在“芙蓉曲”下加“兼善状元御史”六字。曾有人认为，此诗是萨都剌为勉励友人张子寿而作。要张子寿以泰不花为榜样，继续任职，坚持廉正不阿的品格，继续同不法的权势者作斗争。芙蓉，即荷花的别称。全诗学习屈原《离骚》的比兴手法。用荷花出污泥不染、濯清涟不妖的芬芳高洁，喻为官清廉；用霜打木叶，喻邪恶势力；用秋江女儿想断肠，喻人民对清官的怀念。全诗语言清丽，意境深远。此诗受到萨都剌同年进士杨维桢的推崇。他认为，即使王建、张籍的同类作品，也超不过《宫词》和《芙蓉曲》。

秋江渺渺芙蓉芳，秋江女儿将断肠。
绛袍春浅护云暖，翠袖日暮迎风凉。
鲤鱼吹浪江波白①，霜落洞庭飞木叶。
荡舟何处采莲人，爱惜芙蓉好颜色。

【翻译】

秋江无边无际荷花正芬芳，
秋江的女儿们想你想断肠。
春天刚到红色袍带云护暖，
夕阳西沉翠绿袖口迎风凉。
鲤鱼风吹动江中白浪，
秋霜降落洞庭满地飞木叶。
采莲人要荡舟到何处，
你要爱惜荷花的好颜色。

---

① 鲤鱼：是鲤鱼风的简称。鲤鱼风通常解为秋风或“九月风”。

兰 皋 曲

兰，指兰溪。皋，是岸边近水的高地。屈原在《离骚》中写有“步余马于兰皋兮”的句子。至正三年(1344)三月，任浙江行省郎中的萨都剌，从杭州到绍兴、金华等地游览。当他路过金华城西五十里许的兰溪时，有感而发。全诗仿效《离骚》中运用的象征性手法，写美人对溪边兰花、荷花的热爱，象征对高尚情操的追求。诗的意境极美，给读者以无穷的回味。

溪水长涵幽草芳，春溪露滴兰叶光。
美人日暮采兰去，春吹露湿芙蓉裳。
芙蓉为裳兰为佩，玉立亭亭临水际。
天寒袖薄人不知，疏雨兰苕鸣翡翠①。
幽兰日日吹古香，美人不来溪水长。

【翻译】

溪水漫漫滋润着幽兰芬芳，
春天的露珠在溪边的兰叶上闪光。
夕阳西下美人到溪边去采兰草，
风吹露滴沾湿了荷花编织的衣裳。
荷花作衣裳，幽兰结环佩，
亭亭玉立来到水边张望。
天气寒冷，衣袖单薄无人知晓，
疏雨飘洒的兰苕中有翠鸟叫。
幽兰天天都散发出古淡的清香，
盼不来美人望着溪水长又长。

---

① 苕：草名。又叫凌霄或紫葳。翡翠：鸟名。又叫翠鸟。羽有蓝、绿、赤、棕等色。雄赤叫翡，雌青叫翠。宋陆佃在《埤雅·释鸟》中说："翠鸟或谓之翡翠。雄赤曰翡，雌青曰翠。"

送吴寅甫之扬州

诗题，有的本子作《送吴寅可之扬州》。吴寅甫，名克恭，江苏武陵（今武进）人。他的诗古朴淡雅，多游云林和玉山间。萨都剌这首诗，名为送友人，实则是写景。想象丰富，笔调明快，描绘了一幅生动的画面。

青杨吹白花，银鱼跳碧藻。
落口江船上，三月淮南道①。
渺渺春水涯，悠悠云树梢。
安得快剪刀，江头剪芳草。

---

① 淮南道：唐时道名，治所设在扬州。

【翻译】

青青的杨树飘扬着白花，
银鱼跳出碧绿的水藻。
落日映照在江船上，
这是三月的淮南道。
滚滚的春水无边无际，
悠悠的白云高挂树梢。
怎能得到锋利的剪刀，
去到江头剪那萋萋芳草。

宿台城山绝顶

诗题，有的本子作《宿台山寺绝顶》。据《明一统志》记载：台城在江宁府上元县治东北五里许，本吴后苑，即晋建康宫城。此诗作于至顺三年(1332)四月，诗人描写黑夜降临而月未出时台城山顶的景色。观察入微，描写生动自然。

江白潮已来，山黑月未出。
树杪一灯明，云房人独宿①。
近水星摇动，河汉下垂屋②。
四月夜深寒，繁露在修竹。

① 云房：僧、道或隐者居住的房屋。 ② 河汉：天河。

【翻译】

江面发白潮涌来，
山色漆黑月未出。
树杪透出一盏明灯，
僧房中一人独自住宿。
近看水中星星在摇动，
天河下垂仿佛贴近屋。
四月夜深寒气袭人，
一滴滴露珠挂满高竹。

过池阳有怀李白

诗题,有的本子作《过池阳有怀唐李翰林》。池阳即今安徽贵池县,唐时在秋浦县置池州。元至元十四年升为路。李白生前很喜欢贵池一带的奇山秀水,留下很多诗篇。如《秋浦歌十七首》、《清溪行》、《与李刚清清溪玉镜潭宴别》、《游秋浦白笴陂二首》、《与南陵常赞府游五松山》、《改九子山为九华山联句》等等。这一带以李白命名的书院就有四个。至顺三年(1332)五月,诗人路过池阳,写了这首长诗,抒发他对伟大诗仙李白的无限思念。

我思李太白，有如云中龙。垂光紫皇案[1]，御笔生青红[2]。群臣不敢视，射目目尽盲。脱靴手污袜，蹴踏将军雄[3]。沉香走白兔[4]，玉环失颜容[5]。春风不成雨，殿阁悬妖虹[6]。长啸拂紫髯[7]，手撚青芙蓉。挂席千万里[8]，遨游江之东[9]。濯足五湖水，脱巾九华峰[10]。放舟玉镜潭[11]，弄月秋浦中[12]。羁怀正浩荡，行乐未及终。白石烂

① 紫皇：本指道家传说中的神仙，诗里指唐玄宗。 ② 御笔：指李白代皇帝拟诏书。 ③ 上下两句均指李白在宫中醉酒，曾让宦官头目高力士为他脱靴一事。唐玄宗曾给高力士加封冠军大将军、门卫大将军、骠骑大将军等几个头衔。 ④ 沉香：指沉香亭。杨国忠用沉香木、檀香木修亭，用麝香、乳香等作涂料，故名。唐玄宗和杨贵妃曾在亭中赏牡丹，召李白作新词，李白酒醉，用冷水浇其面，稍醒，挥笔作《清平乐》三章。白兔：月亮，诗里指月光。 ⑤ 玉环：杨贵妃的小名。 ⑥ 妖虹：指不吉祥的云气，这里用“虹”来形容女色，喻唐玄宗宠幸杨贵妃。 ⑦ 髯(rán)：两颊上的胡子。 ⑧ 挂席：扬帆。古时用蒲席作船帆。 ⑨ 江之东：从汉到唐，称安徽芜湖以下的长江南岸地区为江东。 ⑩ 九华：山名，在今安徽青阳西南，原名九子山，山有九峰，李白游青阳见九峰如花，改名九华，并作了《改九子山为九华山联句》。 ⑪ 玉镜潭：在原池州府西南。⑫ 秋浦：水名。玉镜潭往南流，过白面渡即汇为秋浦水。

齿齿①，貂裘泪濛濛②。神光走霹雳③，水底鞭雷公④。采石波浪急⑤，青山云雾重⑥。我有一斗酒，和泪洒天风。

【翻译】

我思念你啊李太白，

你犹如腾云驾雾的龙，

承蒙皇恩步入金銮殿，

代拟诏书分出皂白青红。

---

① 白石烂：指宁戚《饭牛歌》事。宁戚是春秋时卫国人。起初很穷，帮人赶车。有一天，他喂牛时叩牛角高歌："南山矸，白石烂，生不逢尧与舜禅。短布单衣适至骭，长夜冥冥何时旦？"齐桓公听见了，认为他不是寻常人，请他作客卿。齿齿：排列成齿形。 ② 貂裘：战国时代，苏秦向秦王游说，连说多次，不被信用，生活很困难，身上的黑貂裘也破了。李白在《秋浦歌》第七中有："醉上山公马，寒歌宁戚牛。空吟白石烂，泪满黑貂裘。"后两句比喻自己的处境十分困难，希望有齐桓公那样的贤君能赏识自己，委以重任。此诗里指李白怀才不遇，处境困难。 ③ 神光：闪电。霹雳：迅猛的雷声。④ 雷公：雷神。 ⑤ 采石：即采石山，在今安徽马鞍山，元为太平府。李白被贬遇赦之后，曾在这里依附族人当涂令李阳冰。相传李白酒醉之后，下到水中捞月，被淹死在采石矶。⑥ 青山：李白死后，先葬采石仙龙山，后来改葬在他生前喜欢的青山。

大臣们不敢同你对视，
你目光炯炯刺得群臣眼蒙眬。
高力士脱靴你嫌他手污袜，
你压倒将军盖世雄。
沉香亭上的月儿缓缓移动，
杨玉环也失去了花颜玉容。
春风为什么化不成雨露，
因为殿阁中高悬着妖虹。
长啸高歌拂紫须，
手里执着青芙蓉。
扬帆破浪行遍天涯万里，
遨游四海来到大江东。
洗脚用的是五湖水，
脱巾挂在九华峰。
放舟要到清澈见底的玉镜潭，
观赏淡淡的月色又到秋浦中。
羁旅的情怀正浩浩荡荡，
尽情享乐未能有始有终。
不逢贤君空吟白石烂，
犹如苏秦潦倒泪濛濛。
神光一闪霹雳震天响，
进入水底挥手鞭雷公。

采石矶前掀起狂波急浪，
青山脚下的荒冢云雾浓。
今天我只带来一斗酒，
和着泪水随风洒空中。

宿乌石驿

乌石山，在今江西铅山东南和福建崇安西北的交界处。山势险峻，犹如黑玉砌成。山腰有一洞穴，横深十余丈。这是萨都剌由江西将要进入福建时写的诗。抒发诗人孤独寂寞的心情。

云飞乌石峰，雨洒紫溪岭[①]。
孤馆如山深，愁人觉宵永。

① 紫溪岭：山名，距乌石驿约三十多里。

灯花剪复开，风竹乱不整。

清晨度闽关①，南斗落衣领②。

好写度关诗，点笔题石笋。

【翻译】

团团云雾飞越乌石峰，

濛濛细雨飘洒在紫溪岭。

孤零零的馆舍座落深山中，

愁人觉得黑夜漫漫难到黎明。

灯花剪了又重开，

风吹竹林零乱不整。

清晨翻越闽关，

南斗仿佛擦着衣领。

我喜好写首翻越闽关的诗，

挥毫泼墨题在石笋。

---

① 闽关：在江西铅山东南和福建崇安西北之间的分水岭。 ② 南斗：即斗宿，共六星。

度闽关二首

此诗，有的本子把二首并而为一。闽关，在今江西铅山东南和福建崇安之间。是江西和福建的分水岭。因有二水发源于山下，一入江西，一入福建。山岭上有铭文刻于石上。诗人运用夸张的手法，勾画出闽关的险峻，具有浓厚的浪漫主义色彩，感染力强。

其　一

晓度分水岭①，身在云雾中。

① 分水岭：即闽关。

手扣天上关，声落山下风。
雷霆走涧壑，神人过虚空①。
既迓奔丰隆②，亦可招祝融③。
顷刻开万象，赤乌飞岭东④。

【翻译】

拂晓跨越分水岭，
身在缥缈云雾中。
伸手可扣天上门，
响声回落山脚生风。
轰雷在深涧峡谷中滚动，
神仙走过虚无缥缈的高空。
既能叱咤云师丰隆，
也可顺手招来火神祝融。
顷刻间云开雾散气象千万，
一轮红日升起在岭东。

---

① 虚空：指天空。 ② 丰隆：古代传说中的云师。 ③ 祝融：指火神。 ④ 赤乌：吉祥神鸟。诗中喻太阳。

其　二

白云下千峰，尽入怀袖里。
振衣度闽关，洒作山下水。
仰登天无梯，俯视井无底①。
古来守关人，豪杰存有几？
寒食百草青②，春风吹不起③。

【翻译】

白云飘下千峰，
人在云雾中，雾入怀袖里。
抖掉衣服上的露水过闽关，
洒下去作山下的水。
抬头登天没有天梯，
俯视深谷仿佛井深无底。

---

① 井无底：形容山谷之深，像无底的井一样。 ② 寒食：每年清明节前一天或前两天为寒食节。相传春秋时晋国介之推辅佐晋文公回国后，隐居山中，晋文公想用烧山逼他出来，之推抱树而死。文公为悼念他，禁止在之推死日生火煮食，只吃冷食。后来相沿成俗，称寒食禁火。 ③ 春风吹不起：因草刚发青，春风吹来，不能摆动。

自古以来的守关人，
英雄豪杰有几个存世？
寒食节百草刚刚发青，
春风吹过还不能一伏一起。

度岭舆至崇安

诗题，有的本子作《度岭舆至崇安命棹建溪》或《过岭舆至崇安方命棹之建溪》。崇安，福建崇安县。建溪又名东溪，即今之松溪，在建宁府（今建瓯）城东，流至府城西南与西溪（今名富屯溪）会合，经延平（今南平）抵福州入海。萨都剌越过闽关后，进入崇安，然后乘船沿着建溪到建瓯。饱览了闽北的丹山碧水，不仅陶醉在天造地设、鬼斧神工的自然风光之中，而且以抑制不住的激情，挥动彩笔，把雄奇秀丽的美境描绘出来。诗情洒脱，风格豪放。

人生天地间，驰马历大块①。行乐须及时，流光逝难再②。役役功名徒，历历山水迈。伟哉东南区，奇险闽粤最③。车书四海同④，风气一岭界。肩舆度层云⑤，手掉下急濑⑥。四山抱回流，环合如束带⑦。石井莲叶漂⑧，仰面天作盖。倏驰丹峰前，却在紫岭背⑨。微阴间云雾，疏雨洒杉桧⑩。深林樵牧归⑪，落日山鬼会⑫。雪瀑挂水帘⑬，林风奏天籁⑭。石梯架仙岩⑮，往往遗骨在。瑶草石上生⑯，丹药市曹卖⑰。巍巍考亭祠⑱，过客祠下拜。

---

① 大块：大自然。 ② 流光：光阴。因光阴易逝，故称光阴为流光。 ③ 闽粤：古国名。也称闽越，即今福建省。汉高祖曾在此封无诸为闽粤王。 ④ 车书四海同：即车同轨、书同文之意，指国家统一。 ⑤ 肩舆：古时的一种代步工具，即轿子和滑竿之类。 ⑥ 濑（lài 赖）：流得很急的水。 ⑦ 束带：腰带。 ⑧ 石井：形容建溪流经的峡谷像石井一样。 ⑨ 紫岭：即武夷山的紫芝岭。 ⑩ 杉桧：杉，常绿乔木，俗称沙树。桧（guì 贵），常绿乔木。 ⑪ 樵牧：樵，樵夫，砍柴的人。牧，牧人，放牧牲畜的人。 ⑫ 山鬼：古代传说中的一种怪兽。 ⑬ 水帘：白色的瀑布悬空落下，像帘幕，故称水帘。 ⑭ 天籁（lài 赖）：大自然中发出的声音。 ⑮ 石梯：指登山的栈道。仙岩：指高峻的悬岩。 ⑯ 瑶草：传说中的仙草。 ⑰ 丹药：精炼而成的药丸。市曹：即市场。 ⑱ 考亭祠：在福建建阳西南。唐末侍御黄端在此建望考亭，望其父墓。宋朱熹晚年在此建竹林精舍讲学，宋理宗时诏建考亭书院，亲书“考亭书院”四字匾额。

溪水自成文，上接洙泗派①。唤渡云门僧②，貌古清可爱。手把青松枝，趺坐溪石待③。悬崖虹栈危④，插竹鱼网晒。山高人蚁旋⑤，下视舟立芥。轻狂类飞鳅⑥，宛如乱石隘。峥嵘龙角尖⑦，魂碕鼋首癞⑧。槎牙激颓波⑨，出没如水怪。万鼓捶地雷⑩，三峡泻澎湃⑪。峰峦争送迎，奔走万马快。箭过耳生风，开口不暇咳。峭壁起冲流⑫，恍若巨鳌戴⑬。上有旧题名，岁久字刻坏。岂无姓

---

① 洙泗派：指儒家学派。古时洙水和泗水在山东泗水县北合流西下，至曲阜县北又分为二，洙水在北，泗水在南。春秋时为鲁国地，孔子曾在洙、泗之间教授学生，后人以洙、泗指代儒家。 ② 云门：闸门。 ③ 趺（fū 夫）坐：双足交叠而坐。 ④ 虹栈：指栈阁，因高而拱起，形似虹霓。 ⑤ 蚁旋：蚂蚁盘旋。形容山高人小，往山上盘旋时形同蚂蚁。 ⑥ 鳅（qiū 秋）：一种鱼，泥鳅。 ⑦ 峥嵘龙角尖：形容山势高峻突出，像龙的角尖。 ⑧ 魂碕（kuǐ qí 块奇）：山石高峻不平的崖岸。鼋（yuán）首癞：鼋，大鳖。背呈青黄色，头上有疙瘩。俗称癞头鼋。形容崖岸曲突不平。 ⑨ 槎牙：像错落不整齐的牙齿。 ⑩ 万鼓捶地雷：形容溪水冲击的响声，像擂击万鼓和地雷的爆炸声。 ⑪ 三峡：指长江三峡。即瞿塘峡、巫峡、西陵峡。诗中指建溪两岸重崖叠嶂，水流湍急，形势奇险。 ⑫ 峭壁起冲流：峭壁在急流中突出来。 ⑬ 巨鳌（áo）戴：即巨鳌戴山之意。古代神话：渤海之东有大壑，为众山所归。其中的岱舆、员峤、方壶、瀛洲、蓬莱五座山经常随潮波流动。上天命禺强用五头巨鳌把五座山背起来，五山才不动。

名存，仿佛年年载。览此前人踪，徒为后人慨。天气易寒喧，光景倏明晦。浩荡三日程，应接千万态。会登天柱峰①，一览宇宙大。少吐胸中豪，神游八荒外②。题诗赠山灵③，清气留胜概④。

【翻译】

人们生活在天地之间，
驰马游历大千世界。
寻欢作乐必须及时，
光阴流逝一去不回。
为功名劳碌奔波的人，
经过无数山山水水。
多么雄伟啊，东南一区，
奇险的风光闽粤称最。
车轨文字四海统一，
风土人情以岭为界。
坐上竹轿穿过层云，
转手之间下滩很快。

---

① 天柱峰：在福建崇安，武夷一曲。又名大王峰。② 八荒：即八方荒远之地。③ 山灵：即山神。④ 胜概：美妙的风光，佳境。

四山环抱着弯曲的溪流，
回环聚合像捆腰带。
俯视石井莲叶漂浮，
仰面观天好似伞盖。
小舟忽然飞驰在丹峰前，
一转眼却驶往紫岭后背。
晴天转阴间有云雾，
稀疏的雨点洒向杉桧。
樵夫牧民从深林中回来，
红日西沉山鬼聚会。
雪白的瀑布像悬挂的水帘，
林风吹奏出美妙的天籁。
级级石梯架上仙岩，
处处都有遗骨存在。
瑶草生长在石头上，
丹药要到市场上卖。
考亭祠巍然耸立，
过路客人到祠下参拜。
九曲溪自成文风，
往上继承儒家学派。
唤人渡水的云门僧，
风貌古朴清雅可爱。

手里扶着长青松枝，
盘腿坐在溪石上等待。
悬崖上的栈阁像虹霓高拱，
插上竹竿把渔网晒。
人上高山像蚂蚁在盘旋，
下视小舟如同草芥。
轻舟狂奔类似飞快的泥鳅，
曲曲折折穿过乱石障碍。
突出的岩石好似龙角尖，
高峻不平仿佛鼋头癞。
错落的岩石激起颓波，
时出时没犹如水怪。
声似擂击万鼓地雷震响，
好像三峡倾泻汹涌澎湃。
峰峦叠嶂都争着来迎送，
犹如万马奔腾跑得很快。
箭过耳边风声响，
张开口还来不及唾咳。
峭壁从急流中突起，
好像巨鳌把山顶戴。
山崖上有旧时的题名，
岁月久远刻字已坏。

难道没有姓名留存，
仿佛年年都有记载。
观赏这些前人的踪迹，
白白地让后来人感慨。
天气容易忽冷忽热，
光阴忽而明朗忽而暗晦。
浩浩荡荡的三日航程，
应接不暇的千姿万态。
正当登上天柱高峰，
观览宇宙这么广大。
稍稍倾吐胸中豪气，
神情遨游八荒之外。
题诗赠送山中神灵，
大自然中永远留下胜概。

望 武 夷

诗题，有的本子作《游武夷》。萨都剌于后至元三年(1337)秋，迁官离开福州，当他又过崇安时，同友人游览武夷山九曲溪。这是当时留下的诗作之一。诗人从大处着笔，描写了武夷山的奇险与雄浑。

溪行望武夷，峭壁何斩绝①。
赤霞乱不收，大化元气泄②。
下有万年松，上有太古雪③。
只恐明月中，铁笛吹石裂。

---

① 斩绝：即崭绝，险峻。 ② 大化：大自然。元气：构成天地万物的气。 ③ 太古：远古。

【翻译】

沿溪而行眺望武夷，
悬崖峭壁为何这么奇绝。
红霞烂漫美不胜收，
大自然中的元气往外泄。
山下有万年不老的松树，
山上有太古时的积雪。
只怕在明月高照时，
铁笛吹奏岩石会崩裂。

早发黄河即事

至正九年(1349),萨都剌任江南诸道行御史台侍御史,因弹劾权贵被贬官,从南京回大都。次年去淮西江北道廉访司任经历。七十九岁的萨都剌,由大都(今北京)往安徽庐州(今合肥)赴任,沿途亲眼目睹黄河、淮河两岸农村的破败景象,老百姓遭受天灾人祸,在死亡线上挣扎。他用正义的笔,写了这首纪实性的诗篇,真实而生动地反映了老百姓的苦难生活。诗人把达官贵人们穷奢极欲的生活,同老百姓饥饿半欲死作了鲜明的对比。感情真挚,态度鲜明,感染力强。具有深刻的现实意义。

晨发大河上，曙色满船头。依依树林出，惨惨烟雾收。村墟杂鸡犬，门巷出羊牛。炊烟绕茅屋，秋稻上垅丘。尝新未及试，官租急征求。两河水平堤，夜有盗贼忧。长安里中儿①，生长不知愁。朝驰五花马②，暮脱千金裘③。斗鸡五坊市④，酣歌醉高楼。绣被夜中酒，玉人坐更筹⑤。岂知农家子，力穑望有秋⑥。裋褐长不完⑦，粝食常不周⑧。丑妇有子女⑨，鸣机事耕畴⑩。上以充国税，下以祀松楸⑪。去年筑河防，驱夫如驱囚。人家废耕织，嗷嗷齐东州⑫。饥饿半欲死，驱之长河流。河源天上来，趋下性所由。古人有善备，鄙夫无良谋。我歌两河曲，庶达公与侯。凄风振枯槁，短发凉飕飕。

---

① 长安：古都名，在今西安。诗里指代元大都(今北京)。 ② 五花马：毛为五色或鬃(zōng)被剪成五瓣的马叫五花马。 ③ 千金裘：指价格昂贵的皮衣。 ④ 五坊市：唐代皇帝饲养猎鹰、猎犬的地方。分为：鹰坊、雕坊、鹞坊、鹘坊、狗坊等。诗里指贵族子弟斗鸡走狗的地方。 ⑤ 玉人：指美女。更筹：古代用作记时报更的竹签。 ⑥ 穑：收割庄稼。秋：指庄稼成熟的时期。全句意为努力耕种盼望有好的收成。 ⑦ 裋褐(shù hè 树贺)：粗布衣服。 ⑧ 粝(lì 厉)：糙米饭。 ⑨ 丑妇：指农家妇女。 ⑩ 畴：田地。 ⑪ 松楸：这里指祖坟。 ⑫ 齐东州：指今山东一带地方。

【翻译】

早晨从黄河上出发，
曙光照满了船头。
茂密的树林出现，
黑沉沉的烟雾渐收。
荒村里传来鸡犬声，
门巷内走出羊和牛。
炊烟在茅屋上空缭绕，
收割的秋稻放在垅丘。
尝新来不及试一试，
官吏们急着把租赋索求。
两河的水面已同堤岸相平，
夜来盗贼侵扰使人担忧。
京城中豪门的公子哥儿，
生来就不知什么叫忧愁。
清晨扬鞭驰骋五花马，
傍晚回家脱下千金裘。
斗鸡走狗在五坊市，
欢歌醉饮到高楼。
畅饮美酒拥被夜卧，
三更半夜还有美人陪伴应酬。
哪里知道农家的子弟，

努力耕种盼望好的秋收。
粗布衣裤遮不住身体，
糠秕野菜也经常不够。
农妇们有了子女，
上机织布或耕种田头。
上要交纳国家租税，
下要祭祀祖先的墓丘。
去年修筑河防，
驱使民夫像驱赶罪囚。
家家都荒废了耕田织布，
嗷嗷待哺的声音遍布齐东州。
老百姓饥饿得半死，
还要把他们赶往长河流。
黄河水像天上来，
从高往低是它的本性所由。
古人都有妥善的准备，
今天鄙夫们却没有良谋。
我歌唱一支两河曲，
希望传达给朝中的公卿与王侯。
凄凉的风振动枯枝败叶，
稀疏的短发感觉凉飕飕。

醉 歌 行

元朝灭南宋而统一中国后，废除科举制度长达几十年。像萨都剌这样的读书人，没有进入仕途的机会。由于生活所迫，诗人不得不到南方吴、楚等地经商谋生，长年疲于奔命，焦头烂额。而那些无能的豪门子弟，却过着享乐腐化的生活。因而诗人牢骚满腹，想借酒浇愁。诗中对废除科举、扼杀人才的制度表示不满。

草生金谷韩信饿①，古来不独诗人穷。

① 金谷：即金谷园，在河南洛阳西。西晋石崇在此建有豪华的别墅。韩信：汉初为刘邦打天下的功臣。年轻时曾向人乞食为生。

今朝有酒且共醉，明日一饮由天公。
红楼弟子年二十①，饮酒食肉书不识。
嗟余识字事转多，家口相煎百忧集。
乃知聪明能误身，不如愚鲁全天真。
百年简宪曾何畏②，一日礼法能杀人③。
贤愚千载同一朽，我为君歌君拍手。
流芳遗兴不必论，且尽樽前一壶酒。

【翻译】

金谷园中长满荒草韩信曾挨饿，
自古以来不只是诗人才受穷。
今朝有酒暂且共同喝个醉，
明日有酒无酒只能由天公。
豪门大户的子弟年二十，
饮酒吃肉不识字。
可惜我读书识字事反多，
家中老小受着煎熬百感交集。
我才知道聪明能误人，
不如愚鲁之人保天真。

---

① 红楼：豪华的高楼。诗里喻豪门权势之家。② 简宪：法令。③ 礼法：礼仪制度。

百年的法令何曾使人生畏，

礼法施行一天就能杀人。

千年万代贤愚都同归一朽，

我为你高歌你为我拍手。

不必讨论赋诗遣兴传万古，

暂且喝干席前这壶酒。

清明日偕曹克明登北固楼

诗题，有的本子将《同曹克明清明日登北固山次韵》同此诗并为一首，题作《同曹克明清明日登北固山和韵》。据《元史·曹鉴传》：曹克明，名鉴，宛平（旧治北京丰台）人。大德五年（1301），任镇江淮海书院山长。官至礼部尚书。北固楼在镇江东北的北固山上。此诗作于大德六年左右，萨都剌在镇江经商。清明节，同曹克明登北固楼，放眼大江两岸春色，古往今来的人和事涌上心头。因而借景抒发怀古伤今之情，情景交融，联系自然。

江南三月万花柳，北固山头一回首。

东风吹绿扬子江①，滟滟江波泻春酒。

况乃又是清明天②，元从一饮三百钱。

英雄一去几千载，当年饮者今何在？

陌上家家列纸钱③，孙刘高冢何人拜④？

【翻译】

三月江南万花争妍还有依依杨柳，

北固山头的往事不堪回首。

东风吹绿了滔滔不停的扬子江，

滚滚的江波仿佛是在倾泻春酒。

何况今天又是清明节，

本应陪你饮酒花它三百钱。

英雄们逝去几千载，

当年在此饮酒的今天有谁在？

一路上家家烧纸钱，

孙权、刘备的坟墓有谁拜？

---

① 扬子江：唐代由扬子津渡江抵京口（今江苏镇江），后置扬子县于此，因称此处大江为扬子江。后来又以扬子江代长江。 ② 清明：农历二十四节气之一，旧时称三月节，在公历四月五日或六日。过去清明有踏青扫墓的习俗。 ③ 纸钱：旧时迷信。凿纸为钱。祭祀时烧化给死者。 ④ 孙：指吴主孙权。刘：指蜀主刘备。冢：坟墓。

清明游鹤林寺

镇江城西南有黄鹤山，山上有鹤林寺。旧名竹林寺。宋高祖曾到此游览，独卧讲堂前，上有五色龙章。他即位后，改名鹤林寺。此诗与《清明日偕曹克明登北固楼》作于同时。全诗清新自然。

青青杨柳啼乳鸦①，满山乱开红白花。
小桥流水过古寺，竹篱茅舍通人家。
潮声卷浪落松顶，骑鹤少年酒初醒②。
计将何物赏清明，且伴山僧煮新茗③。

---

① 乳鸦：幼鸦。 ② 骑鹤：传说王子乔骑鹤成仙而去。后用作咏仙人的典故。诗里作者自嘲。 ③ 山僧：僧人。茗：茶。

【翻译】

青青杨柳丛中乳鸦啼叫，
满山遍开五颜六色的红白花。
小桥流水经过古寺，
通往竹篱茅舍的农民家。
浪潮卷来回响在松顶，
骑鹤少年酒刚醒。
打算用什么物品补赏清明，
暂且陪伴山上僧人把茶饮。

芒　鞋

芒鞋，用芒草编织的草鞋。诗人以芒鞋为题，借物言志，揭露当时社会上存在的问题。人们为追名逐利，顾不得歧路繁多，顶着严霜酷暑，冒着狂风暴雨，南北奔波。实际是诗人的自我写照。

东家西家卖芒屦①，南州北州多歧路。
严霜烈日太行坡②，斜风猛雨瓜洲渡③。

---

① 芒屦(jù具)：即草鞋。 ② 太行坡：即太行山脉。泛指北方山区。 ③ 瓜洲渡：长江下游的重要渡口，在今江苏扬州。泛指大江南北。

南人求名赴北都①，北人徇利多南趋。

朝朝迎送名利客，身身消薄非良图。

人负屦，屦负人，草从土生复归土。

人兮屦兮不知所。

【翻译】

东家西家都卖草鞋，

南方北方很多分岔路。

严霜烈日奔走太行坡，

斜风猛雨漂泊在瓜洲渡。

南方人追名奔赴北大都，

北方人逐利都往南方去。

朝朝暮暮迎送追名逐利客，

身体天天消瘦不是好主意。

人对不起草鞋，

草鞋也对不起人。

草从土中生出又成土，

人和草鞋的归宿不知在何处。

① 北都：元大都。

寒夜闻角

此诗作于致和元年(1328),当年七月,泰定帝死于上都。八月,梁王王禅、丞相倒刺沙拥立年仅九岁的皇太子阿速吉八即位,改元天顺。留守大都的燕帖木儿,发动兵变,派人到江陵迎图帖睦尔入大都即位,改元天历。于是支持上都或支持大都的皇族之间发生内战。当时诗人寓居京师,对时局的动乱深感不安,诗中情绪激昂,愤懑难抑。

野人卧病不得眠，呜呜画角声凄然①。
黄云隔断塞北月②，白雁叫破江南烟③。
山城地冷迫岁暮，野梅雪落溪风颠。
长门美人怨春老④，新丰逆旅惜少年⑤。
夜深悲壮声摇天，万瓦月白霜花鲜。
野人一夜梦入塞⑥，走马手提铁节鞭⑦。
髑髅饮酒雪一丈⑧，壮士起舞毡帐前⑨。
五更梦醒气如虎，将军何人知在边。

---

① 画角：古乐器，出自西羌。形似竹筒，用竹木或皮革制成，外加彩绘，故称画角。因发声高亢凄厉，古时军中用为号角。诗里指号角。 ②“黄云”句：喻太子阿速吉八远在上都。③“白雁”句：喻怀王图帖睦尔由江陵入大都，两都之间发生内战。 ④ 长门：汉宫名。美人：指陈皇后。汉武帝让失宠的陈皇后寡居长门宫。 ⑤ 新丰：古县名，在陕西临潼北。少年：指唐代马周。马周从小孤贫，好学不羁，不被乡人重视。后到长安，寄居中郎将何常家。贞观五年，太宗要百官言时政得失。何常习武不懂文事。马周代他条陈二十余事，太宗看后感到奇怪，问何，才知是马周代拟。太宗召见马周，认为马周有奇才，拜为监察御史，官至中书令。 ⑥ 野人：未开化的乡里人。诗里作者自谦之词。 ⑦ 铁节鞭：仿竹节形状制作的马鞭。 ⑧ 髑髅（dú lóu 独楼）：指死人的头盖骨。 ⑨ 毡帐：用毡做的帐篷。

【翻译】

山野人卧病不得入眠，
呜呜的号角声很凄惨。
黄云隔断了塞北明月，
白雁叫破了江南云烟。
山城地势寒冷迫近岁暮，
野梅像雪花般飘落在小溪山巅。
长门宫的美人哀叹春天已去，
新丰客舍里爱惜风华少年。
夜深人静悲壮声震天动地，
瓦上月光雪白霜花鲜。
山野人一夜梦入长城北，
飞马驰骋手中扬起铁节鞭。
雪深一丈用髑髅来饮酒，
壮士拔剑起舞在毡帐前。
五更梦中醒来气壮如虎，
不知哪位将军守卫在边关。

卧病书怀

此诗作于天历二年(1329),诗中所指的去年,即《寒夜闻角》所介绍的上都与大都之间的内战。阿速吉八派梁王王禅、右丞相塔失帖木儿兵分两路进攻大都。燕帖木儿派撒敦守居庸关、唐其势守古北口。王禅等被打败。十月上都陷落。当时诗人暂住大都,十二月才还京口。此诗是对前一年战乱的回忆。

去年走马寻魏阙①，十里五里迷烽烟②。
孤臣泣血紫塞外③，壮士倚剑青云边。
今年卧病在江海，呼儿夜诵《归来》篇④。
结茅倚壁知何处⑤，饱听一枕松风眠。

【翻译】

去年扬鞭催马寻访京阙，
十里五里弥漫着战火硝烟。
孤独臣子泣血担心紫塞外，
壮士们手执宝剑血战青云边。
今年卧病寄居在江海，
夜来叫儿诵读《归来》篇。
结茅倚壁不知在何日，
高枕无忧饱听松风夜入眠。

---

① 魏阙：古代宫门上高耸的楼观。常用指代朝廷。诗中指大都。 ② 烽烟：古代在烽火台放烟火报警。诗里指战争。除王禅、塔失帖木儿分兵攻大都外，靖安王阔不花破潼关，进拔虎牢关。也先帖木儿破通州，逼大都。忽剌台兵进紫荆关等。诗里有“十里五里迷烽烟”句，指打内战。 ③ 紫塞：泛指长城以北的地方。诗里指上都开平。 ④《归来》篇：指陶渊明的《归去来辞》。 ⑤ 结茅：即搭茅草屋，指归隐。

高堂刘侯定斋野友亭

诗题，有的本子作《高堂刘侯定斋》。“高堂”应为“高唐”。山东有高唐州。诗中有“漯水为镜山为屏”之句，据《水经法》：漯水出于高唐东，至千乘入海。高唐，唐代为县，元至元七年(1270)升为州，今属山东。刘定斋其人，生平不详。诗的开头以韩信和周亚夫起兴，接着是写今日的刘将军挂弓归田。诗人流露出对元代统治者冷遇勋臣的不满情绪。全诗联系自然，意在言外。

淮阴季年韩将军①，狡兔已死走狗烹②。
沛中白发周将军③，碧色已满细柳营④。
何如高堂刘将军，太平不许矢石勋⑤。
掉头青海无传箭⑥，天山挂却乌角弓⑦。
归来买地筑小亭，漯水为镜山为屏。
樵人溪叟日相过，野歌村舞醉复醒。

① 淮阴：县名。旧址在今江苏淮安。韩将军：即韩信，淮阴人，由萧何举荐，刘邦拜他为大将。刘邦作皇帝后，先封为楚王，后贬为淮阴侯。 ② 狡兔已死走狗烹：指刘邦杀害功臣。据《史记·淮阴侯传》记载：有人诬告楚王韩信谋反，刘邦用陈平计，以南游云梦，会见诸侯为名，诱捕韩信。韩信对刘邦说："果若人言，'狡兔死，良狗烹；高鸟尽，良弓藏；敌国破，谋臣亡。'天下已定，我固当烹！" ③ 沛中：今江苏沛县。周将军：周亚夫。 ④ 细柳营：周亚夫封条侯，屯兵细柳，军纪严明，汉文帝称他为真将军。景帝时，任太尉，平定吴楚七国叛乱有功。迁丞相。因谏废栗太子，触犯景帝，谢病免归。后被诬谋反下狱，绝食，呕血而死。 ⑤ 矢石勋：喻战功。矢，箭；石，礌石。古时打仗的武器。 ⑥ 传箭：指敌兵进攻时，传箭为号，以示报警。 ⑦ 天山：山名，位于新疆西北。乌角弓：用角装饰的弓。

去年偶尔剑戟鸣[1]，潼关马过战血腥[2]。

白头老子如不闻，牛背一笑千山青。

【翻译】

淮阴晚年的韩将军，

犹如狡兔死尽猎狗被宰烹。

还有沛县白发下狱的周将军，

碧色盖满了那细柳营。

哪能比上高唐的刘将军，

天下太平不赞许出生入死的功勋。

掉转马头青海无传箭，

天山脚下挂上了乌角弓。

回乡买地修筑小亭台，

漯水作明镜，青山当画屏。

樵夫和渔翁天天相互来往，

唱着山歌，跳起村舞，醉了又醒。

去年偶尔剑戟又飞鸣，

---

① 去年：指1328年。剑戟鸣：指上都和大都之间因夺皇位而发生内战。 ② 潼关：古关名，在河南、山西、陕西交界处。战血腥：指靖安王阔不花响应上都兵破潼关，大败河南兵，进拔虎牢关一事。

潼关战马奔驰溅起血腥。
白头老翁仿佛没有听见，
牛背上悠然一笑千山青。

送韩伯高

诗题，有的本子作《送韩司业》。韩伯高名镛，山东济南人，延祐五年(1318)进士，授将仕郎。历官中书参知政事、西行台中丞等职。至顺元年，他由江浙财赋副总管除国子司业，当时萨都剌还在镇江任达鲁花赤。韩伯高赴大都就任时，路过丹阳，萨都剌写了这首赠别诗，抒发自己漂泊江湖，前途未卜的烦闷之感。

杨花白尽梅子青，丹阳酒满双玉瓶①。

使君买舟渡船去②，落日淡淡波溟溟。

---

① 丹阳：地名，在今江苏。 ② 使君：旧时对州郡长官的尊称。诗里指韩伯高。

先生抱才登馆阁①，东壁文彩光龙廷②。
自怜他日江湖上，为言踪迹如浮萍。

【翻译】

杨花开尽了梅子发青，
丹阳美酒注满双玉瓶。
使君买舟渡江迁升去，
落霞淡淡波光渺溟。
先生怀才登馆阁，
东壁的文章异彩光耀龙廷。
可怜他日我漂泊江湖上，
说到行踪像浮萍。

---

① 馆阁：设在首都掌管图书、经籍、修史的机构，统称馆。诗里指国子监。 ② 东壁：本为藏书之所，诗中喻国子监。

登歌风台

诗题,有的本子作《登高风台》。歌风台遗址,在今江苏沛县东南。汉高祖刘邦作皇帝后,于公元前 195 年衣锦还乡,设宴招待父老。为了演唱刘邦作的《大风歌》,专门筑了一个土台。席间,一百二十个儿童唱歌,刘邦起舞,慷慨悲怀,泪如泉涌。后人称此台为歌风台。至顺三年(1332)三月,萨都剌由翰林国史院应奉文字出任江南行御史台掾史。他路过沛县时,夫凭吊歌风台,触景生情,写了这首长诗。全诗以刘邦为例,揭露封建社会最高统治者阴险狡诈、凶残毒辣,只能和他们共患难,却不能和他们分享安乐的历史事实。

萨都刺诗词选译

歌风台下河水黄，歌风台上春草碧。黄河之水日夜流，碧草年年自春色。当时汉祖为帝王，龙泉三尺飞秋霜①。五年马上得天下②，富贵乐在归故乡。里中父老争拜跪，拄杖麻鞋见天子。龙颜自喜还自伤，一半随龙半为鬼。翻念旧日亭长时③，一身捧檄日夜驰④。只今宇宙极四海，一榻之外难支持。却思猛士卫神宇，安得长年在乡土。可怜创业垂统君，却使乾机付诸吕⑤。淮阴年少韩将军⑥，金戈铁马立战勋。藏弓烹狗太急迫⑦，解衣推食何殷勤⑧。倒使英雄遭妇手⑨，血溅红裙急追

---

① 龙泉：古代剑名，诗里泛指宝剑。 ② 五年：指公元前207年楚怀王派刘邦西进攻秦，前202年灭项羽称帝，共五年。 ③ 亭长：刘邦起兵前做过泗水亭长。 ④ 檄：官府的文告或命令。全句意为：带着上司的文告四处传递，不停地奔忙。 ⑤ 乾机：君权。付诸吕：刘氏天下落入吕氏一家手中。 ⑥ 淮阴：秦县名，在今江苏淮安西南。是韩信的故乡，后被封为淮阴侯。 ⑦ 藏弓烹狗：见本书《高堂刘侯定斋野友亭》注。 ⑧“解衣”句：在《史记·淮阴侯传》中，齐人蒯通劝说韩信反对刘邦支持项羽时，韩信说：“汉王遇我甚厚，载我以其车，衣我以其衣，食我以其食。……吾岂可以向利倍义乎！”两句说明刘邦的狡诈与毒辣。 ⑨ 英雄遭妇手：吕后用萧何计诱杀韩信于长乐宫悬钟室。

首①。萧何下狱子房归②，左右功臣皆掣肘③。还乡却赋《大风歌》，向来老将今无多。咸阳宫阙亲眼见④，今日荆棘埋铜驼⑤。台前老人泪如雨，为言不独汉高祖。古来此事无不然，稍稍升平忘险阻。荒凉古庙依高台，前人已矣今人哀。悲歌感慨下台去，断碑春雨生莓苔。

【翻译】

歌风台下的河水浑黄，

歌风台上的春草碧绿。

黄河之水日夜滚滚流，

绿草年年自成春天的颜色。

当年汉高祖作帝王，

三尺龙泉宝剑光亮似秋霜。

五年纵横驰骋夺得天下，

---

① 急追首：急于追捕祸首。吕后杀韩信后，曾追捕当年劝韩信反刘助项的蒯通。 ② 萧何：汉沛人。先为沛吏，后佐刘邦建立汉朝。刘邦即位后，论功第一，封为酂侯。后因请上林苑为民田，被下狱。子房：张良的字，刘邦的谋臣，封为留侯。为全身保命，自行引退。 ③ 掣肘：牵制。 ④ 咸阳宫阙：秦朝宫殿在咸阳。刘邦先进入咸阳宫。 ⑤ 荆棘埋铜驼：《晋书·索靖传》：索预知天下将乱，指着洛阳宫门前的铜驼说："将要在荆棘中见到你了。"后来便用"荆棘铜驼"形容亡国后的残破景象。铜驼：铜铸的骆驼。

富贵无比乐于衣锦还乡。
家乡父老争先来跪拜，
拄着拐杖穿着麻鞋来看天子。
皇帝欢喜又忧伤，
跟随他的人一半随龙一半成鬼。
回想从前担任亭长时，
手捧公文日夜奔驰。
而今宇宙四海归一统，
卧榻之外都难维持。
却思念猛士来保国家，
哪能长年住在乡土。
可怜开创基业的一代国君，
却把权力交给诸吕。
淮阴风华少年韩将军，
金戈铁马立下赫赫功勋。
藏弓烹狗的手段太急迫，
当年解衣推食何等殷勤。
倒使英雄被妇人下毒手，
血溅红裙还要急切追祸首。
萧何下狱张良引退，
左右功臣都被掣肘。
回乡却谱写《大风歌》，

向来的老将今天已不多。
咸阳宫殿他亲眼见过，
今日荆棘丛中埋着铜驼。
台前老人泪下如雨，
他说这样的皇帝不只汉高祖。
自古以来这类事情无不是这样，
稍稍太平忘记了险阻。
荒凉的古庙依傍着歌风台，
前人已逝去今人却悲哀。
慷慨悲歌走下台去，
断碑在春雨中长满莓苔。

夏夜积雨

诗题，有的本子作《夏夜积雨霁阴云不收夜坐南轩月复出》。南轩在江宁县保宁寺内，南宋张浚在此开建府署时，其子在方丈小室内读书，号南轩。真德秀建南轩先生祠于天禧寺方丈后，至顺三年（1332）夏天，萨都剌因病寄居南轩，望月而思念翰林院中的友人，抒发他那孤独寂寞的心情。

积雨已歛云不明，淡月复出户牖晴。
幽人开窗看月色，投入怀抱亦有情。

数宵相连尔何在，应驾老蟾出东海①。

今宵见尔不得眠，未脱人间儿女态。

爱渠中夜雪满庭，照出饭颗山头形②。

何人此际步微影，玉堂珂佩风泠泠③。

【翻译】

积雨已停乌云未散月不明，

淡淡的月光忽然出现窗户放晴。

幽居的人儿开窗看看月色，

月色投入怀抱也有情。

一连几夜你在何处？

应驾蟾蜍驶出东海。

今夜见你我不能入眠，

没有摆脱人间的儿女态。

喜欢深夜满庭雪白的月色，

---

① 蟾：传说月中有蟾蜍。诗里喻月亮。 ② 饭颗山：传说是长安的名山。李白曾作诗戏杜甫："饭颗山头逢杜甫，头戴笠子日卓午。借问别来太瘦生，总为从前作诗苦。"萨都剌借用李白诗意嘲笑自己也像杜甫那样辛苦作诗。 ③ 玉堂：指京都翰林院。珂佩：佩玉。诗人从翰林国史院中出来做官，故以玉堂珂佩自指。

照着饭颗山头诗人的瘦影。

此刻是何人在月下慢步，

翰林院的佩玉随风发出清脆声。

过居庸关

诗题，有的本子作《至顺癸酉岁过居庸关》或《度居庸即事有感》。居庸关在今北京昌平西北的两山间，山势险峻，古称天下九塞之一，是历来兵家必争之地。1333年春，马伯庸除南台中丞，萨都剌前往上都迎接马伯庸，作此诗。全诗不仅描写居庸关的险峻，而且淋漓尽致地揭露战争留下的可怕景象，反映了人民希望安居乐业、反对战争的心情。全诗气势磅礴，风格豪放。

居庸关，山苍苍，关南暑多关北凉。天门晓开虎豹卧①，石鼓奏出云雷张②。关门铁铸半空倚，古来几多壮士死。草根白骨弃不收，冷雨阴风泣山鬼③。道旁老翁八十余，短衣白发扶犁锄。路人立马问前事，犹能历历言丘墟。夜来芟豆得戈铁④，雨蚀风吹半棱折。铁腥惟带土花青⑤，犹是将军战时血。前年又复铁作门⑥，貔貅万灶如云屯⑦。生者有功挂玉印⑧，死者谁复招孤魂。居庸关，何峥嵘！上天胡不呼六丁⑨，驱之海外消甲兵？男耕女织天下平，千古万古无战争！

【翻译】

居庸关啊，

山色苍苍，

---

① 天门：即天宫的门，诗里指拂晓天刚发白的情形。② 石鼓：涧水冲击山崖如击鼓雷鸣一般。③ 山鬼：指战死的鬼魂。④ 戈铁：古代的一种兵器，即平头戟。⑤ 土花青：铁器埋在地里，受泥土侵蚀生锈呈现出来的青色。⑥ 前年：即致和元年(1328)，上都和大都之间为争夺皇位在居庸关激战。⑦ 貔貅(pí xiū 皮休)：传说中的猛兽，诗里喻勇猛的军队。⑧ 有功挂玉印：暗指燕帖木儿。燕帖木儿命其弟撒敦守居庸关，拒上都之兵，后亲临督阵，并派撒敦西去榆林击败王禅军，文宗即位后，封燕帖木儿为太平王，大加赏赐。⑨ 六丁：道教信奉的神名，泛指天神。

关南炎热关北凉爽。
天边破晓虎豹山间卧，
白日涧水冲击石壁有如雷声响。
铁铸的关门半空倚立，
古来多少壮士关前死。
草丛中白骨丢弃无人收，
冷雨阴风中哭泣着山鬼。
路旁的老翁八十有余，
短衣白发还扶着犁锄。
过路客人立马询问前年的战事，
仍能一一说明战后成废墟。
夜来锄豆拾得戈矛铁，
风雨侵蚀锋刃棱角已断折。
铁矛锈上了土花青，
好像是将军们战时流的血。
前年又重新关上铁铸的门，
千军万灶人马纷纷如云屯。
活着的有功挂上玉印，
死去的谁去为他招孤魂？
居庸关啊，
为何这般高峻！
上天为什么不叫来六丁，

把它驱逐到海外消灭刀兵。
但愿男耕女织天下太平，
千秋万代没有战争！

回风坡吊孔明先生

诗题，有作《回风坡吊孔明》。回风坡，在今江西九江东北四十里许，又名回风矶。据说每当船行至此，都要转篷避风。孔明，三国时蜀相。曾隐居隆中，自比管仲、乐毅，人称卧龙。刘备三顾茅庐请他出山，后来辅佐刘备取荆州、定益州，与魏、吴成三足鼎立之势。刘备在成都称帝后，孔明为丞相。刘备死后，孔明佐后主刘禅，以丞相封武乡侯，兼领益州牧。他修明法度，志在恢复中原。屡次北伐，与魏相攻。建兴十二年(234)卒于五丈原军中，年五十四，谥忠武侯。元统二年(1334)正月，萨都剌由金陵(今南京)赴江西临川，当他乘船过回风坡时，联想孙、刘联盟火烧赤壁，大破曹操，作了此诗。诗称颂孔明文韬武略，赤胆忠心，光照日月；感慨自己风华已逝，大志不伸。全诗气势豪放。

大江东流日夜白，已矣英雄不堪说。朔风挟雨过江来，犹向矶头溅腥血。汉家神器四海摇[①]，奸雄贼子相贪饕[②]。二龙雌雄尚未决[③]，将军战骨如山高。先生谋略满怀抱，坐视腥膻不为扫[④]。若非蜀主三顾贤[⑤]，终只如龙卧南亩[⑥]。仰天一出摧奸锋，纶巾羽扇生清风[⑦]。许君义气肝胆裂，兵枢尽在掌握中。赤壁楼船满江夏[⑧]，仗剑登坛唯叱咤[⑨]。可怜一炬功未成[⑩]，将星已坠西南

---

① 神器：帝位。即东汉刘氏皇权。 ② 奸雄贼子：指割据争雄的军阀。像曹操挟天子以令诸侯。 ③ 二龙：似指孙权和曹操。 ④ 腥膻（xīng shān 星衫）：血腥味，喻战争流血。⑤ 蜀主：刘备。三顾贤：刘备三顾茅庐访问孔明。 ⑥ 龙卧南亩：孔明出山前曾隐居在河南南阳隆中，人称卧龙。 ⑦ 纶巾：丝带做的头巾。羽扇：鸟羽做的扇。这是东汉末年名士们的穿戴，形容风度潇洒。 ⑧ 赤壁：传说有五，诗人从赤壁在江夏之说。楼船：战船。江夏：原为武昌府，今属武汉。 ⑨ 仗剑登坛：传说孔明曾登七星坛祭东风。 ⑩ 一炬功未成：似指上方谷孔明计烧司马懿父子。当司马懿父子绝望时，忽然天降大雨而后脱险。

营[1]。力吹汉水灰未醒，呜呼天命何不平。伫立矶头盼吴越[2]，感慨今人生白发。先生虽死遗表存，大义晶晶明日月。

【翻译】

大江东流日夜滚滚翻白浪，
过去的英雄不忍再加评说。
北风带着雨点飘洒过江来，
仿佛向着回风矶头溅腥血。
汉家的皇位摇摇欲坠，
奸雄贼子们都想独吞掉。
二龙争斗尚未决胜负，
将军们战死的尸骨如山高。
先生雄才大略满怀抱。
坐视血雨腥风不去清扫。
若不是蜀主三顾茅庐去访贤，
始终只像云中飞龙卧乡间。
仰天长啸出山挫败奸雄锋芒，

① 将星：指诸葛亮。全句指诸葛亮死于五丈原军中。据《晋阳秋》载：有赤星而芒角，自东北西南流，投于亮营，三投再还，往大还小，俄而亮卒。 ② 吴越：指古代吴国、越国地面。

纶巾羽扇气度潇洒生清风。
你的忠肝义胆令人赞许，
军机妙算全在你掌握中。
赤壁山前战船布满江夏水面，
仗剑登坛东风听叱咤。
忠心耿耿老天也一定听从，
烈火乘着旋风山石也烧红。
可怜一炬大功未告成，
将星已坠落到西南营。
力吹汉水死灰不会再醒，
天命啊为何这么不公平。
站立在回风矶头顾盼吴越，
令人感慨头上布满了白发。
先生虽死遗表长存，
光明磊落犹如高悬的日月。

赋葡萄歌

诗题，有的本子作《葡萄酒美鲥鱼味肥赋葡萄歌》。此诗作于元统二年(1334)。诗人借咏扬州的葡萄美酒来浇自己胸中的愁闷，流露出对现实的不满。

扬州酒美天下无①，小槽夜走葡萄珠②。
金盘露滑碎白玉③，银瓮水暖浮黄酥④。

① 扬州：今江苏扬州。元为扬州路，属河南江北行省。② 小槽：即酒槽，酿酒器。③ 金盘：指承露盘。汉武帝曾作盘承甘露。诗中把葡萄酒比作甘露。④ 银瓮：温酒器具。黄酥：酒名。

柳花吹尽春江涨，雪花鲥鱼出网丝①。
王郎载酒过江来②，开酒脍鱼醉春暖。
世事反覆如樗蒲③，会须一饮空百壶。
淋漓宫袍亦奇士④，夜起看对青灯孤⑤。

【翻译】

扬州的美酒天下无，
酒槽里夜来滚动葡萄珠。
仿佛金盘内润滑的碎白玉，
银瓮温酒浮黄酥。
柳花落尽春江漫涨，
雪浪花中的鲥鱼跳出丝网。
王郎装载美酒过江来，
开酒烹鱼畅饮到春晚。
世事反覆无常似赌博，
应当一口气喝完一百壶。
开怀畅饮的命官也是奇士，
夜深起来面对青灯倍感孤独。

---

① 鲥(shí 时)：鱼名，肉鲜美，是名贵的食用鱼。 ② 王郎：所指何人不详。 ③ 樗蒲(chū pú 初蒲)：古代博戏名称，以投骰的方式决定胜负。后来泛指赌博。 ④ 宫袍：即官袍。诗里指朝廷命官。奇士：才能出众的人。 ⑤ 青灯：油灯。因灯光青荧，故称。

送马伯庸子之京

马伯庸(1279—1338),名祖常,元代光州(今河南黄川)人。其先为雍古族。科举诏下,他参加乡试和会试,都名列前茅,廷试第二,官至枢密副使。诗人同马伯庸交往较密,互有诗赠答。元统元年(1333)春,马伯庸除南行台中丞时,诗人从南京赴上都迎接。马伯庸有子二人。从文者官至秘书监著作郎;从武者,官至湖广行省检校官。所送的是何子不详。诗情真挚、豪放。

欲晴不晴天气悭①,欲别不别人难语。
丈夫意气自磊落,握手一笑心与肝。
南宫子弟吐《金缕》②,何必尊前花解语③。
树摇晚翠下风凉,烛落春云剪秋雨。
平原痛饮如有神④,醉吐不惜车中茵⑤。
明朝送子上船去,回首江南江北人。

【翻译】

要晴又不快晴天气悭吝,
想别又不忍别令人难言。
大丈夫意气风发自磊落,

---

① 悭(qiān 千):吝啬。 ② 南宫:古代称尚书省为南宫。马伯庸作过礼部尚书,故称其子为南宫弟子。《金缕》:即《金缕曲》,词牌名。 ③ 花解语:即《解语花》,词牌名。诗里喻能歌善舞的美人。王仁裕《开元天宝遗事·解语花》:“明皇秋八月,太液池有千叶白莲数枝盛开,帝与贵戚宴赏焉。左右皆叹羡久之,帝指贵妃示于左右曰:‘争如我解语花?’”后来就用“解语花”比喻美人。 ④ 平原:即平原督邮之意,喻劣酒。《世说新语·术解》:“桓公(温)有主簿,善别酒,有酒令先尝。好者谓青州从事,恶者谓平原督邮。青州有齐郡,平原有鬲县。从事言到脐(齐),督邮言在鬲上住。”因好酒下脐,恶酒凝鬲。从事,美官;督邮,贱职。后用“青州从事”喻美酒,“平原督邮”喻劣酒。诗中是萨都剌自谦之词。
⑤ 茵(yīn 因):此指车中的垫子。

握手一笑照见彼此的心与肝。
南宫弟子会唱《金缕曲》，
何必席前有美女。
树叶飘落秋风凉，
红烛落泪恰似春云剪秋雨。
痛饮浊酒如同有神助，
不惜醉吐弄脏车中茵。
明天一早送你上船去，
回头就是江南江北离别人。

高邮阻风

高邮，今江苏高邮。元至元十四年，升为高邮路总管府，二十年，改高邮路为府，属扬州路。后至元二年，萨都剌由大都到福州赴任，沿运河南渡，行至高邮被风所阻，心有所感，借题发挥。对统治者玩弄翻手为云覆手为雨的政治手腕，深表不满，抒发大志不伸的苦闷心情。

离家十日得顺水，不卸蒲帆一千里①。
忽然今日风打头②，寸波寸心逆上流。

① 不卸蒲帆：蒲帆，蒲草制作的船帆。不卸，没有张开。喻顺风。 ② 风打头：指船顶着逆风前行。

小儿造物不可测①,昨日南风今日北。
黄郎束手篷下眠②,尽日闲看顺水船。
顺船得势如马走,相望招呼不回首。
长风破浪我也曾③,顺逆偶尔非人能。

【翻译】

离家十日行船得顺水,
不张蒲帆走了一千里。
今日忽然遇上打头风,
寸波寸水顶着逆流。
大自然的风云变幻不可测,
昨日吹南风今天却向北。
船夫束手在篷帆下睡,
从早到晚闲着看那顺水船。
顺水船乘势像快马奔驰,
隔船招唤来不及回头看。
我也曾想乘长风破万里浪,
顺风逆境皆偶然与人无关。

---

① 小儿造物:指自然界的变化。诗里喻意双关,影射统治者变幻莫测的政治手段。② 黄郎:即黄头郎,指船夫。③ 长风破浪:化用乘长风破万里浪之意。喻胸怀大志。

过 嘉 兴

嘉兴，今浙江嘉兴。元代为嘉兴路，属江南浙西道。后至元二年(1336)春天，萨都刺由大都往南路过嘉兴时，被嘉兴春天的特有景色吸引住，心与景会，写了这首诗。春意盎然的景色，反衬出诗人寂寞思乡的心情。

三山云海几千里①，十幅蒲帆挂烟水②。
吴中过客莫思家③，江南画船如屋里。

---

① 三山：指福州的三座山，即于山、乌石山和越山。② 蒲帆：蒲席作的船帆。烟水：烟波。③ 吴中：今江苏苏州吴县区，古称吴中。

芦芽短短穿碧沙①，船头鲤鱼吹浪花。
吴姬荡桨入城去②，细雨小寒生绿纱③。
我歌《水调》无人续④，江上月凉吹紫竹⑤。
春风一曲《鹧鸪词》⑥，花落莺啼满城绿。

【翻译】

三山云海远隔几千里，
烟波浩渺十幅蒲帆高挂。
吴中过往的客人不要思乡，
江南的画船就像家。
短短的芦芽穿出了绿沙地，
船头鲤鱼风吹起白浪花。
吴地美女荡着双桨进城去，
小寒时节细雨濛濛像绿纱。
我唱《水调》无人接续，
江上月色清冷吹紫竹。
春风里吹一曲《鹧鸪词》，
花落莺啼满城都泛绿。

---

① 芦芽：刚出土的芦苇幼芽。碧沙：长满绿草的沙滩。② 姬：对妇女的美称。桨：划船的器具。 ③ 小寒：即小寒食，寒食节的第二天。 ④《水调》：曲调名，即《水调歌头》。 ⑤ 紫竹：指竹箫。 ⑥《鹧鸪词》：即词牌《鹧鸪天》。

游吴山紫阳庵

诗题，有的本子作《游吴山紫阳洞》或《偕卞敬之游吴山驼峰紫阳洞》。吴山，又名城隍山，在浙江杭州西湖东南。山上有鳌峰、青芙蓉、紫玛瑙、紫竹林、归云洞、瑞石洞、迎真洞等名胜。后至元二年（1336），萨都剌由大都赴闽海廉访知事，路过杭州游吴山时，作此诗，把这些名胜巧妙地编织成一首诗，寄托眷恋和归隐之情。

天风吹我登鳌峰，大山小山石玲珑。
赤霞日烘紫玛瑙，白露夜滴青芙蓉。

飘摇云气穿石屋[①]，石上凉风吹紫竹。

挂冠何时赋《归来》[②]，煮茗篝火洞中宿。

【翻译】

天风吹我登上鳌头峰，

大大小小的山石剔透玲珑。

白天红霞烘托紫玛瑙，

夜间白露滴在青芙蓉。

缥缥缈缈的云气穿过石洞，

石上凉风吹拂着紫竹。

何日辞官谱写《归去来辞》，

煮上香茶照着篝火洞中宿。

① 石屋：石洞。 ②《归去来》：陶渊明的《归去来辞》。诗中喻归隐。

走笔赠燕孟初

燕孟初，名不花，甘肃张掖人。这是萨都剌路过杭州时，送给燕孟初的赠别诗，称颂燕孟初的豪放气概和不向权贵低眉折腰的品格。既是写燕孟初，也是诗人自喻。

别君金陵城①，遇君钱塘驿②。
落魄江湖懒折腰③，笑傲公卿但长揖④。

---

① 金陵：今江苏南京。 ② 钱塘驿：今浙江杭州。 ③ 落魄：穷困不得意。江湖：泛指五湖四海。懒折腰：不愿屈身事人。④ 笑傲：调笑傲视。公卿：王公卿相，指权贵。但：只。

柳花吹香入酒缸，酒波滟滟如春江。
西湖天镜碧堕地，吴山蛾眉春入窗。
平生豪气如吐虹，余子纷纷何足数。
驿亭把酒歌别离，醉听江潮鸣万鼓。

【翻译】

同你告别金陵城，
又和你相遇钱塘驿。
漂泊江湖你不愿向权贵折腰，
调笑傲视公卿只拱手作揖。
风吹柳花，酒缸散香，
酒波漾溢仿佛春江。
蓝天映入西湖像碧镜落地，
吴山蜿蜒像蛾眉映窗。
一生的豪气好似长虹贯日，
不值得谈那些芸芸众生。
驿亭举杯高歌暂别离，
醉听江潮澎湃像万鼓齐鸣。

过桐庐

桐庐，今浙江桐庐。元时属江南浙西道。县城东有桐庐山，相传黄帝时，有一异人在山上采药求道，在桐木树下结庐。据说他懂得金石草木性能，曾定三品药物，撰有《药性》和《采药录》。人们问他的姓，他指桐以示之。后来升仙而去，人们称他为桐君。诗人放眼桐庐山水，追念乘丹凤升仙的桐君，向往与世无争的仙境，曲折地反映出对社会现实的不满。

桐庐山水天下清，洪涛拍岸山围城。
桐君已乘丹凤去，世间草木谁知情。

落日摇红鱼尾赤①，江上潮回沙嘴立②。

三三两两野人家，半住渔村半樵牧。

尽抛章甫求仙去③，松间黄鹤唤不应。

阻风三日看山色，平生贯识枯枝藤。

碧桃海上开多少④，几度春风长瑶草⑤。

白云满地不归来，石烂海枯天地老。

【翻译】

桐庐的山水天下最清秀，

洪涛拍打江岸青山围城。

桐君已乘丹凤升仙去，

世间有谁知道草木的性情。

落霞摇动像红色的鱼尾，

江上潮退沙丘重新耸立。

三三两两的山野人家，

一半住渔村一半是打柴游牧。

抛弃科举仕途去寻仙访道，

松树林间的仙鹤呼唤不应。

---

① 鱼尾赤：形容晚霞像红色鱼尾。 ② 沙嘴：岸边伸向江中的沙丘。 ③ 章甫：相传孔子戴过的一种帽子。诗里泛指儒生。意为人们放弃科举仕途，都去学道求仙。 ④ 碧桃：传说中的仙桃。 ⑤ 瑶草：仙人居住地所长的仙草。

逆风停泊三日饱览山光水色，
平生惯于欣赏枯枝枯藤。
海上的仙桃不知开了多少，
春风里几次长满瑶草。
白云满地一去不回来，
石烂海枯天地也衰老。

晓上石壁滩

石壁滩，又叫石壁潭，在今江西广昌南十五里处。石壁临水，高三十余丈。壁上有海眼，往里窥视，深不可测。萨都剌把石壁滩的山光水色形象地呈现在读者面前，抒发了他热爱名山胜景、得山水情趣犹如得官的心情。结尾流露了对父母的思念。

龙溪三月人上船①，十里五里滩声喧。

浪花飞雪隔石壁，船尾落日倾金盆②。

① 龙溪：水名。在广昌东北八十里，发源于高陂，流入石门，通过汝川，风光很美。 ② 落日倾金盆：形容船尾的落日像倾斜耀眼的金盆一样。

越儿卧篙头刺水①，露重布帆风不起②。
近山钟动石楼中，隔水鸡鸣烟村里③。
过江日日水与山，诗人得趣如得官④。
白云远在太行北⑤，何日归舟下石滩⑥。

【翻译】

龙溪三月游人上渡船，
十里五里滩声闹喧喧。
浪花好似飞雪隔住石壁，
船尾落日像倾斜的金盆。
越地船夫俯身撑篙头着水，
布帆露重风鼓不起。
近山石楼中传来钟声，
隔水的炊烟丛林里有鸡啼。
过江后天天伴着水与山，
诗人饱览胜景的乐趣胜得官。
白云亲舍远在太行以北，
何日乘坐归舟下这石滩。

---

①“越儿”句：越，古越国，诗里指江西的撑船人。头刺水：船夫撑船俯下身子，头顶浪花。 ②“露重”句：船帆被水湿透了，沉重得使风吹不动。 ③烟树：云烟笼罩着树林，故称烟树。 ④“诗人”句：形容诗人对山水的热爱胜似得官。 ⑤白云：白云亲舍，指父母。 ⑥归舟：意为回乡探望亲人。

黯淡滩歌

建溪流经延平一段，险滩接连不断。有汾滩、竹林滩、高桐滩、凿滩以及黯淡滩。其中又数黯淡最险。滩中乱石犬牙交错，水势湍急，舟行到此滩时多翻沉。诗人描写了黯淡滩的险恶，联想到人生的道路，也像在险滩中行舟一样艰险，顺境和逆境很难预料。最后只能以听天由命的态度来作自我安慰。

长滩乱石如叠齿，前后行船如附蚁①。逆湍冲激若

① 附蚁：指小船首尾相接像一个接一个的蚂蚁一样。

登天，性命斯须薄如纸。篙者倒挂牵者劳[①]，攀崖仆石如猿猱[②]。十步欲进九步落，后滩未上前滩遭。上滩之难难于上绝壁，虽有孟贲难致力[③]。滩名况复呼黯淡，过客攒眉增叹息。下滩之舟如箭飞，左旋右折如破围。欢呼踏浪棹歌去，晴雪洒面风吹衣。飞流宛转乱石隘，奔走千峰如马快。贾客思家一夕还[④]，传语滩神明日赛[⑤]。下滩之易易如盘走珠，瞬目何可停斯须。长风破浪快人意，朝可走越暮可吴[⑥]。乃知顺逆有如此，逆者悲愁顺者喜。请君听我《黯淡歌》，顺则流行逆须止。顺者不必喜，逆者不必愁。人间顺逆俱偶尔，且得山水从遨游。

【翻译】

长滩中的乱石像重叠的牙齿，

前后行船好似一个个蚂蚁。

顶着汹涌湍急的逆流如同登天，

瞬间性命像薄纸。

撑篙的倒挂船头拉纤的劳累，

---

① 篙者：撑篙的人。牵者：沿着岸边拉纤的人。 ② 猿猱（yuán náo元挠）：即猿猴。 ③ 孟贲：人名，相传为战国时期的大力士。 ④ 贾客：在外经商的人。 ⑤ 赛：古代酬神称为赛。诗里作为戏言。 ⑥ 越：古越国。吴：古吴国。指今江苏、浙江、福建一带地方。

攀悬崖，仆乱石犹如猴子。
前进十步必须后退九步，
后滩没有上完又和前滩相遇。
上滩的困难难于上绝壁，
虽有孟贲也无能为力。
更何况滩名又叫黯淡，
过客紧皱双眉添叹息。
下滩的行船如同飞箭，
左旋右转像突破包围。
欢呼踏浪唱着船夫号子驶过去，
晴空下雪浪洒面风吹衣。
飞流曲折乱石阻碍，
驶过千峰如同飞马那么快。
客商思家希望一天就能回，
传话给滩神明天酬神赛。
下滩容易好像盘内滚珍珠，
转瞬下滩怎能暂时停住。
乘风破浪大快人意，
早晨才过越傍晚就到吴。
才知道顺水逆水有如此悬殊，
逆流的悲愁顺水的欢喜。
请你听我唱支《黯淡歌》，

顺流须向前逆流须停止。
顺流的人不必欢喜，
逆流的人不必发愁。
人间顺境逆境都是偶然，
暂且寻访奇山秀水纵情遨游。

南　台　月

诗题，有的本子作《南台看月歌》。南台山，在今福州闽江岸边。旧传，汉越王余善在此钓得白龙，以为是祥瑞，并在他坐着钓鱼的地方筑土台，名为钓龙台，后人称为越王台。宋米芾书"全闽第一江山"，赵汝愚隶书"古南台"，都刻于石上。诗人于后至元二年(1336)四月，到福州就任闽海道廉访知事。八月中秋之夜，他到南台赏月，凭吊越王钓龙古迹，谈古论今，发泄对元统治者罢科举的不满。全诗意境开阔，气势豪放。

城南江上逢中秋，城南石梁初截流[1]。长虹一道贯秋色[2]，中分百里江南州[3]。残霞消尽鱼尾黑[4]，金蛇翻动三江白[5]。水轮碾出碧玻璃[6]，照见钓龙台上客[7]。台中之客怀古心，黄河泰华三登临[8]。今年携月醉台畔，越水越山为月吟[9]。无诸城里人如海[10]，无诸故冢埋残靄。无诸台上草离离[11]，龙去台空三千载。昔龙已去江悠悠，今龙虽在人未求[12]。怀珠岂立此台下，要上黄金台上钩[13]。乾坤四顾渺空阔[14]，《诗》《书》元气行勃勃[15]。合沙

① 石梁：即石桥。 ② 长虹：喻闽江。 ③“中分”句：指闽江从中把福建分为南北两半。 ④ 鱼尾黑：晚霞消逝后，天色黑暗。 ⑤ 金蛇：月光照耀江水，闪闪发光，像金蛇一样。三江：闽江在福州南分为两道，南江又同大樟江相交，共为三江。 ⑥ 水轮：月亮。碧玻璃：江面。 ⑦ 台上客：诗人自指。 ⑧ 泰华：指泰山和华山。 ⑨ 越水越山：福州在秦汉时为越族人居住地，故称越水越山。 ⑩ 无诸城：福州城。越王勾践的后代被封为闽越王，建都福州。 ⑪ 无诸台：即越王台。 ⑫ 龙：喻皇帝。“今龙”句：影射元顺帝于后至元元年(1335)新罢科举，不求人才。 ⑬ 黄金台：在河北易县东南、易水南岸。相传战国燕昭王筑台，置千金于其上，延请天下贤士。 ⑭ 乾坤：指天地。 ⑮“《诗》《书》”句：形容人们攻读《诗》、《书》的风气正在蓬蓬勃勃地兴起。

古谶此其时①，天下英雄求一决②。南台月照男儿面，不照男儿心与肝。燕山买骏金万斛③，万里西风一剑寒④。

【翻译】

城南江上喜逢中秋，

城南的石桥开始截流。

闽江好似秋天的一道长虹，

从中把闽地分为江南江北州。

残霞消逝天边越来越黑，

---

①“合沙”句：意为正是英雄辈出的时代。合沙：指江中的泥沙涌出水面堆积起来。谶（chèn衬）：古代迷信，用隐语预测吉凶。闽人谣：“南台沙合出宰相。”相传章得象为相时。沙涌可涉。政和八年，沙复涌，已而余深拜相。方务得帅福唐，南台沙忽涌，不久朱汉章、叶子昂相继登用。 ②“天下英雄”句：指天下的读书人都希望进入科场，显示才华，一决高低。 ③“燕山”句：指战国时，郭隗为燕昭王出主意招贤的故事。郭隗对燕昭王说：“古代有个君王想用千金买千里马，没有买到。有一人却用五百金买了千里马的骨头回来报告君王。君王大怒。买死马骨的人说：死马且用五百金买，况千里马呢？天下人一定认为君王真心要买千里马，千里马就会买到。结果真的买到了千里马。燕昭王听了郭隗的建议，筑黄金台招贤。斛（hú胡）：古量器名。也是容量单位。 ④“万里”句：喻书剑飘零之意。即诗人后代萨龙光说：此诗因南台对月而自寓漂泊之感也。

月光照耀翻动的江水像金蛇。
月轮从碧绿的江面升起，
照见钓龙台上宦游客。
台中游客触动了怀古心，
黄河泰山华岳三处曾登临。
今年伴随明月醉饮南台畔，
越水越山为月歌吟。
无诸城里却是人山人海，
无诸城外的古冢笼罩暮霭。
无诸台上荒草茂密，
龙去台空已有三千载。
昔日白龙已去江水悠悠，
今日真龙虽在却有人不求。
胸怀珠玑哪能立在此台下，
要上黄金台上吞大钩。
遍视天地渺渺茫茫，
攻读《诗》、《书》的风气正蓬勃。
南台沙涌正是这个时代。
天下英雄希望能一决胜负。
南台明月只能照着男儿面。
却不能照见男儿的心与肝。
燕昭王买骏马不惜万金，
西风万里宝剑寒气袭人。

织 女 图

诗题，有的本子作《寿监司所藏美人织锦图》。元至元二十年(1283)，改福建提刑司闽海道为肃政廉访司，设廉访使二人，正为监司，次为大使。寿监司，即寿僧宝。这首题画诗，作于后至元二年(1336)，当时作者在福州，任闽海廉访知事，似应寿僧宝之请而作。诗人借助丰富的想象，运用清丽的语言，把图上描绘的情景有声有色地再现在读者面前。通过织女思念征夫，曲折地反映了战争给人民带来的无穷灾难，希望统治者能了解人民的疾苦，结束战争，减轻赋税，让人民能过安居乐业的生活。

兰闺织锦秦川女①，大姬哑哑弄机杼②。小姬织倦何所思？帘幕无人燕双语。成都花发江水春③，门前马嘶车辚辚④。髻鬟两珥看欲堕⑤，蛾眉八字画不伸⑥。行人一去无消息，冰蚕吐丝成五色⑦。柔肠九曲细于丝，万缕春愁正如织。绮窗睡起闻早莺，西楼月落金盘倾。晚霞拂地海棠晓，香雪泼户梨花晴。日长深院机声动，梭影穿花飞小凤⑧。水心惊起鸳鸯栖⑨，花底不成蝴蝶梦。纤纤玉指柔且和，香钩小袜裁春罗⑩。满怀心事付流水，荡目云锦回青波。佳人自古多命薄，风里杨花随处落。岂知丑妇嫁田家，生则同衾死同椁⑪。君不闻长安市上花满枝⑫，东家蝴蝶西家飞。笼中鹦鹉唤新主⑬，门里侍

---

① 兰闺：旧时女子居室的美称。即闺房。秦川：今陕西关中一带。原为秦国属地，故称秦川。 ② 杼（zhù 祝）：织布的梭子。 ③ 成都：今四川成都。 ④ 车辚辚（lín 林）：车轮滚动的声音。杜甫《兵车行》："车辚辚，马萧萧。" ⑤ 髻鬟（jí huán 吉环）：古时女子的环形发式。珥（ěr 耳）：用珠子或玉石做的耳环。 ⑥ 蛾眉：形容女子长而美的眉毛。八字：双眉分向两边，形同"八"字。 ⑦ 冰蚕：古代传说中的一种蚕。据《拾遗记》载：冰蚕长七寸，黑色，有角，有鳞。用霜雪覆盖，然后作茧，长一尺，呈五彩。织成锦，入水不湿，投入火中烧不燃。 ⑧ 小凤：即锦缎上的凤蝶。 ⑨ 鸳鸯（yuān yāng 渊央）：水鸟名，雌雄相依不离。 ⑩ 香钩：指古代妇女束扎的小脚。 ⑪ 衾：被子。椁（guǒ 果）：小棺材外面套的大棺材。 ⑫ 长安：今陕西西安南。 ⑬ 鹦鹉（yīng wǔ 英武）：鸟名，能模仿人说话。

儿更故衣。又不闻田家妇，日扫春蚕宵织布。催租县吏夜打门，荆钗布裙夫短裤①。我题此画三叹吁，百年丑好俱虚无。排云便欲叫阊阖②，为我献出《豳风图》③。

【翻译】

兰室中织锦的秦川女，
大女正咿咿哑哑弄机杼。
小女织锦困倦在想什么？
帘内无人只有双燕在私语。
成都百花萌发江水泛春，
门前人闹马嘶车声辚辚。
发髻耳环看去像要下坠，
蛾眉八字画得紧皱不伸。
丈夫出征一去没有消息，
冰蚕吐丝自然成五种颜色。
柔肠九曲比蚕丝还细，
万缕春愁正互相交织。
睡起打开花窗听着早晨黄莺叫，

---

① 荆钗：用荆条作成的钗，形容极贫穷。 ② 阊阖（chāng hé 昌盍）：传说中的天门。 ③《豳风图》：豳（bīn 兵），周代地名。《诗经·豳风·七月》反映豳地农耕生活。元代赵孟頫画有《豳风图》。诗里意为反映人民疾苦。

西楼的落月好似金盘倾斜。
清晨的海棠像暖霞拂地，
晴天的梨花像香雪泼洒门户。
夏日日长深院内机声响动，
梭影穿花锦面上织出小凤。
栖息水中的鸳鸯被惊起，
花底下做不成蝴蝶梦。
纤细白嫩的小手很柔和，
裁剪绫罗做成小袜套小脚。
满腹心事只能付之流水，
光彩夺目的云锦荡漾着青波。
佳人自古以来都命薄，
像风里的杨花随处飘落。
哪里知道丑女嫁给农民家，
在生同衾枕死后同棺椁。
你不曾听说长安市上鲜花满枝，
东家蝴蝶往西家院里飞。
笼中的鹦鹉正在呼唤新主人，
家里的侍女更换旧时衣。
又不曾听说农家妇女们，
白日扫春蚕夜里忙织布。
催租逼税的县吏夜里去敲门，

自己是荆钗布裙丈夫穿着短裤。

我为此画题诗再三叹息，

百年美丑都是虚无。

排开云雾便想叫开天门，

为我献上一幅《豳风图》。

题画马图

诗题,有的本子作《画马》。这首题画诗,不仅写了马的外形,而且还写了天马不愿碌碌无为,要去边疆驰骋,报答主恩,为"四海无战争"效力。

汉水扬波洗龙骨①,房星堕地天马出②。
四蹄蹀躞若流显③,两耳尖修如削竹。

① 汉水:河名。发源于陕西宁强嶓冢山。初出山为漾水,东经褒城与褒水汇合,始为汉水。 ② 房星:星宿名。苍龙七宿之一。 ③ 蹀躞(dié xiè 迭泻):小步快走的样子。

天闲十二连青云①，生长出入黄金门②。

鼓鬃振毛姿偃仰，食粟何以酬主恩。

岂堪碌碌同凡马，长鸣喷沫奚官怕③。

入为君王驾鼓车④，出为将军净边野。

将军与尔同死生，要令四海无战争，

千古万古歌太平。

【翻译】

汉水扬起波涛冲洗龙骨，

房星落地天马生出。

四蹄小步翻动快如流星，

两耳又尖又长好似削竹。

皇帝的十二马房连接青云，

生长出入显要的黄金门。

振动鬃毛任意奔跑，

吃了米粮怎么报答主上恩。

哪能碌碌无为形同凡马，

长啸喷沫马官也害怕。

入宫为君王驾驶鼓车，

---

① 天闲：皇帝养马的地方。 ② 黄金门：宫廷之门。 ③ 奚官：负责养马的官。 ④ 鼓车：宫廷内的轻便小车。

出外帮助将军扫清边野。
将军与你同死又共生，
要使四海没有战争，
千秋万代歌颂太平。

北人冢上

诗题，有的作《北人上冢》。此诗作于后至元三年(1337)三月，诗人仍在福州。时逢清明节，当地人纷纷扫墓，诗人父亲的墓地却远在北方，不能前去祭扫，只能备上祭品，北望遥祭，聊表缅怀之情。全诗叙述自己为了虚名薄利，宦游漂泊，父在不能孝养，父死不能祭扫，内心十分痛苦。诗情真切感人。

南人城南逢清明①，北人望北号哭声。人生何处问南北；春秋霜露俱含情。天涯芳草何青青，杜鹃口血花

① 清明：二十四节气之一。

冥冥①。酪浆一壶麦一饭②，香火照日藏流萤③。自言家住大河北④，闽岭相望六十六⑤。血气寻寻呼应声，音容皎皎常在目。虚名薄利非良图，故山松柏号夜狐⑥。儿身有禄亲不待，亲坟无主儿义辜。低头下拜襟尽血，行路人情为惨切。纸灰低拂绿杨风⑦，杯沥浇残沙上月。人言朔客铁心肠⑧，谁无半点情惨伤！宦游既知离别若，何如拂衣归故乡！

【翻译】

南人到城南扫墓正逢清明，
北人只能遥望北方痛哭失声。
人生世上何处去问南和北，
春秋霜露通通含有感情。
天涯芳草为什么青又青，
杜鹃吐血花色不鲜明。
供上一壶乳浆还有一碗麦饭，
香火映照日光藏着流萤。

---

① 杜鹃：鸟名，又名子规、杜宇。 ② 酪浆：牛、羊等牲畜的乳汁。 ③ 流萤：飞行不定的萤火虫。 ④ 大河：黄河。 ⑤ 闽岭：闽山。 ⑥ 松柏：指坟地，因坟地周围种有常青的松柏树。 ⑦ 纸灰：清明节扫墓时，要烧纸钱。 ⑧ 朔客：北方的行客。

自己说老家住在大河以北，
闽岭遥望故乡我已六十六。
回想血气旺盛时的呼应声，
音容笑貌清清楚楚历历在目。
追求虚名薄利不是好主意，
故乡的祖坟夜里号野狐。
儿子有俸禄父亲不能等待，
父坟无人祭扫未尽儿子义务。
低头下拜衣襟尽染血，
行路人有情也为此悲切。
风吹纸灰低拂绿杨柳，
浇尽杯中乳酒沙丘上空悬明月。
人们说北方的游客铁心肠，
谁无半晌的情义和悲伤！
宦游既然知道离别太痛苦，
何不撩起衣服回故乡。

溪行中秋玩月并序

此诗作于后至元三年(1337)八月十五日。诗人由闽海廉访知事,调任河北廉访经历。八月中秋之夜乘船经过延平津,全家在船上欢度中秋节,享受天伦之乐,援笔成诗,记下当时的欢乐情景。

余乃萨氏子,家无田,囊无储。始以进士入官①,为京口录事长②,南行台辟为掾③,继而御史台

① 进士:凡参加殿试考取的人称进士。 ② 京口:今江苏镇江。录事长:录事司长官。 ③ 南行台:南台为御史台。在地方代表御史行使职权的机构称为行御史台。掾:属官的通称。

奏为燕南架阁官①。岁余，迁闽海廉访知事②。又岁余，诏进河北廉访经历③。皆奉其母而行，以禄养也。后至元三年八月望，舟泊延平津④。是夕星河灿然，天无翳云，月如白日，溪声潺湲若奏乐，四山环抱，如拱如立，如侍左右奔走执事者⑤。萨氏子奉母坐船上，与其妇具酒肴盘馔，奉觞上寿。继而若妹、若婿、若仆以次而进。和而不亵，谨而怡怡，月色荡酒而溪韵杂笑谈。母欢甚。至舟人醉饮，亦相与鼓枻作南歌而乐。今夕何夕，不知奉亲之在异乡也。嗟夫！昔人所谓宦游之乐不如奉亲之乐，实天乐也。萨氏子于是命妇盥爵满以酒，再拜为母寿，而作歌曰：

龙津秋水涵太虚⑥，今夕何夕光景殊。皓月当镜星贯珠，河汉倒影垂平芜⑦。微波漾漾风徐徐，新凉拂拂飘裙裾⑧。阿母今年八十余，清晨理发云满梳，起居伊重天人如。有子在官名在儒，奉母禄养南北区。晨昏不忍离

① 架阁官：掌文书簿籍的官员。② 闽海：福建。廉访知事：肃政廉访司属官。③ 廉访经历：肃政廉访司掌管文件收发的官员。④ 延平津：在今福建南平东。⑤ 执事：负责操办事务的人。⑥ 太虚：天空。⑦ 河汉：天河。平芜：旷野。⑧ 裙裾：裙子和衣服的大襟。

斯须①，荆楚燕赵闽越吴②。今年去官南海隅③，北上咫尺天子都④。官船轧轧如安车⑤，阿母坐卧襟怀舒。清晨夜泊不知挐⑥，母在船上重褥铺，芙蓉映水摇氍毹⑦。开瓮酒熟浮新蛆⑧，秋园摘果雨剪蔬。船尾曲突通行厨⑨，家鸡水鸭美且腴，鲤鲫鲜大如江鲈⑩。奉觞酌酒前拜趋，月波荡酒如浮酥⑪。于为母寿妇寿姑⑫，阿妹次进偕婿夫⑬。酌献亦及婢与奴，熙熙春盎无亲疏。行礼有节俱欢娱，阿母笑语情愉愉，有妇右策儿左扶。舟人醉饱从欢呼，鼓枻节歌声呜呜。四山叠翠开画图，溪濑漱石如笙竽⑭。双壶酒尽村可沽，盘馔狼藉溪可渔。人生此乐更有无，异乡到此同里闾⑮。惟期母寿庄椿逾⑯，有

---

① 斯须：片刻。 ②“荆楚”句：均为古代国名，即今湖北、河北、福建、浙江、江苏等地。 ③ 隅：角落。 ④ 咫尺：古代称八尺为咫。咫尺，极言其近。天子都：北大都。 ⑤ 安车：古代可以安坐的小车。 ⑥ 挐（ráo 挠）：通“挠”，船桨。 ⑦ 氍毹（qú shū 瞿梳）：毛织的地毯。形容荷花映照水中，像绿底红花的地毯在水中荡漾。 ⑧ 蛆：指浮在酒面上的泡沫。 ⑨ 曲突：烟囱。行厨：出行途中的临时厨房。 ⑩ 鲤、鲫、鲈：均是鱼名。 ⑪ 酥：形似圆饼的乳制食品。 ⑫ 姑：婆婆。 ⑬ 婿：女儿的丈夫。 ⑭ 濑：急流。笙竽：均为管乐器，由长短不齐的簧管制作而成。 ⑮ 里闾：乡里。诗里指故乡。 ⑯ 庄椿：据《庄子·逍遥游》：“上古有大椿者，以八千岁为春，八千岁为秋。”后人便以大椿代表长寿。

子愿效反哺乌①。作诗纪实无浮誉，至元丁丑仲秋书②。

【翻译】

我是萨氏子弟，家中没有田地，钱袋里没有储备。开始因中进士走入官场，任京口录事司长官，随后调江南行御史台作属员，继而御史台奏准作燕南架阁官。一年后，迁闽海肃政廉访司任廉访知事。又一年后，诏令升任河北廉访经历。这期间都侍候母亲同行，便于以俸禄养母。后至元三年(1337)八月十五日，行船停泊在延平津。这天夜里星光灿烂，天空没有一丝云彩，月色如同白天，潺湲的溪水声像演奏美妙的乐曲，四周群山环抱，既像是拱手站立，又像是侍候左右奔走办事的人。萨氏子弟侍奉母亲坐在船上，和自己的妻子准备好杯盘酒菜，捧杯向母亲祝寿。接着是妹妹、妹夫、婢女、童仆，依次向前敬酒，气氛融洽而不轻浮，崇敬而又轻松愉快，月光在酒杯中荡漾，溪水的音韵夹杂着谈笑声。母亲特别欢喜。船夫尽情饮酒也相互敲

---

① 反哺乌：据说乌鸦初生时，老乌鸦曾哺育它六十天，等小乌鸦长大后，又返哺老乌鸦六十天。后用“返哺”喻孝养父母之意。② 至元丁丑：后至元三年(1337)。仲秋：八月。

击着船桨，唱着南方歌曲来取乐。今夜是多么好的夜晚，不知侍奉母亲正在异地他乡。哎！前人所说的宦游的快乐比不上奉养双亲的快乐，因为事奉母亲实在是天伦之乐啊！萨氏子弟于是又让妻子洗净酒杯斟满了酒，再次跪拜为母亲祝寿，而且作了这首歌：

延平津的秋水包含着太空，
今夜是什么夜晚景色这么特殊。
皓月当镜星星是串串珍珠，
天河的倒影仿佛垂挂在平芜。
微波荡漾秋风徐徐吹过，
清新的凉风轻轻地飘起裙裾。
老母今年八十有余，
清晨理发云鬓满梳，
起居庄重天人也不如。
儿子虽在官场名声却在儒，
奉养老母无论南区和北区，
从早到晚不忍暂时离开，
即使走到荆楚燕赵闽越吴。
今年迁官离开南海角，
北上燕南靠近天子都。

官船咿咿呀呀如同可以安坐的小车，
老母或坐或卧胸怀坦舒。
清晨起动夜里停泊不知是乘船，
母亲在船上铺着厚褥，
芙蓉映水仿佛摇荡着氍毹。
开瓮的熟酒浮动着泡沫，
秋园刚摘来瓜果菜蔬。
船尾烟囱连行厨，
家鸡水鸭鲜美又丰富，
鲤鱼鲫鱼鲜活肥大如同江中鲈。
捧杯斟酒跪拜向前趋，
月亮在酒中荡漾像浮酥。
儿为母祝酒媳妇为婆婆祝福，
妹妹依次进前陪着丈夫。
斟酒敬献的还有婢女与仆奴，
快快乐乐春意盎然不分亲疏。
行礼依照规矩大家都欢喜，
母亲喜笑言开心情特别愉快，
媳妇左边搀着，儿子右边扶。
船上人酒醉饭饱纵情欢呼，
敲起船桨有节奏地唱歌声呜呜。
四山层峦叠翠像展开画图，

溪水冲激怪石如同吹笙奏竽。
双壶酒喝干了村中可以买，
盘中菜肴狼藉溪里把鱼捕。
人生还有比这更快乐的事没有？
异乡到了此时如同里闾。
但愿母亲长寿超过上古大椿树，
儿子愿意效法返哺乌。
作诗纪实没有浮誉，
至元丁丑年仲秋月书。

赠别鹫峰上人并引

此诗作于后至元三年(1337)秋天,诗人调任河北廉访经历,离闽北赴大都。当他路过建阳时,偶遇鹫峰上人,一见如故。别时依依不舍,题诗赠别。诗人描写了鹫峰上人的苦行生活,对其怀才不遇深表同情,诗意含蓄。

予迁官出闽,过建阳,会同年契世文①,邀予至其家。因登溪阁,俄闻茂林修竹间有弦诵之声②询世文,乃灵山上人也。顷之,相会阁上,臞然如鹤,

① 同年:在同一年里中进士。 ② 弦诵:古代学校授诗,以琴弦配乐歌咏称弦歌,诗里指吟诗。

悠然如云。旋出所作诗一帙，萧然有林下风也。予南出闽，世文亦将赴官编修①。鹫峰送予溪上，徘徊顾望，有不忍别意。鹫峰湖南人，本性欧阳，灵其释名，鹫峰其自号，予座主翰林侍读欧阳之族②。虽缁流③，而其家学有自云。

建溪秋高山水清④，溪边偶识衡阳僧⑤。临水洗钵挂溪阁⑥，夜访校书天禄灯⑦。圣经佛偈通宵读⑧，苜蓿堆盘胜食肉⑨。回雁峰南难寄书⑩，武夷洞前堪煮粥⑪。西风猎猎吹水寒，相从郎官南出关⑫。校书公子玉京去⑬，衡阳上人何日还⑭？手中绿杖春雨绿，毋乃湘君庙

① 编修：史馆编修，负责修国史的官名。 ② 座主：萨都剌考进士，欧阳玄是考试官，故称座主。 ③ 缁流：僧徒。 ④ 建溪：水名。闽江支流，即从建阳流过建瓯到南平一段。 ⑤ 衡阳僧：衡阳指今湖南衡阳，鹫峰是衡阳人，故称衡阳僧。 ⑥ 钵挂：钵，僧钵。挂，挂单。意为僧人投寺寄居。 ⑦ 校书：校书郎，主管校雠典籍。天禄：天禄阁，汉代藏典籍的地方。刘向、扬雄等曾在此校书。 ⑧ 圣经：指儒家经典。佛偈：佛经中的颂词。 ⑨ 苜蓿：多年生草本植物，可作牧草。诗里指蔬菜。 ⑩ 回雁峰：南岳衡山七十二峰之一。相传大雁南飞至此而止，遇春北回。 ⑪ 武夷洞：武夷山有三十六峰、七十二洞，道书称此地为十六洞天。 ⑫ 郎官：文职散官的通称，指契世文。 ⑬ 校书公子：指契世文去作史馆编修。玉京：皇都。 ⑭ 衡阳上人：指鹫峰。

前竹①。胡不截作双凤箫②，吹作来仪舜庭曲③。古曲雅以淡，天高难上闻。不如且拄杖头月，归卧祝融峰上云④。

【翻译】

我因调官离开闽地，过建阳时，会见同榜契世文，邀我到他家，并领我去登临溪阁。忽然听到茂林修竹之中传来琴弦吟诵的声音。我询问世文，才知道是灵山上人在那里。不一会儿，在阁楼上相会，看他样子清瘦得像一只仙鹤，悠闲自得好似白云。很快拿出他作的一帙诗，有闲雅超脱的风韵。我南出闽地，世文也将赴大都任编修官。鹫峰送我到溪水上，徘徊张望，有不忍分别的情意。鹫峰是湖南人，本姓欧阳，灵山上人是他的佛名，鹫峰是自己的称号。他是我的考试官翰林侍读欧阳玄的同族。虽是僧徒，而他的家学是有渊源的。

建溪秋高气爽山水清，

① 湘君庙：湘君，传说中的湘水之神。湘君庙在湖南洞庭湖。② 双凤箫：即双凤管。③ 来仪：即有凤来仪。传说时逢太平盛世有凤飞来。后用来仪代表凤凰。④ 祝融峰：湖南衡山上的最高峰。

溪边偶然结识衡阳高僧。
到水边洗食器挂在溪阁，
夜里天禄阁灯下拜访校书人。
圣经佛颂通宵诵读，
苜蓿堆放盘中胜过吃肉。
回雁峰以南很难寄家书，
武夷洞前适宜煮僧粥。
西风猎猎吹得水生寒，
相随校书郎南出闽关。
校书公子要奔赴大都去，
衡阳高僧何日还？
手中的玉杖春雨中发绿，
莫非是湘君庙前长的竹。
为何不截断做成双凤箫，
吹奏凤凰来仪升平曲。
古曲典雅又恬淡，
天高难于使上闻。
不如暂且拄杖头顶月，
回到祝融峰上卧彩云。

相逢行赠别旧友治将军并序

诗题，有的本子作《相逢行》或《相逢行赠别》。作于后至元三年(1337)秋天。全诗回忆几次别离的情景，抒发了人生聚散有时，逢友之乐与别友之悲。看似平淡，却见真情。

予迁官出闽，舟行抵兴田驿二十里许①。俄闻击鸣金鼓，应响山谷间。随见旌旗导前，兵卒卫后，中有乘马者，毳袍帕首②，徐行按辔③，屡目吾舟。吾病久气馁，不能无惧心也。顷之，兴田驿吏以行

① 兴田驿：地名，在今福建崇安。 ② 毳袍：皮袍。
③ 辔(pèi 配)：驾驭牲口用的缰绳。

舆见迓[1]，遂舍舟乘舆。向之旌旗兵卒移导舆前，马从舆后，舆行马鸣，途中未敢交一语。迫暮，至邸舍烛光之下，毳袍者进曰："某乃建之五夫巡检官[2]，闻使君至，候此将一月矣。某尝三识使君面，自都门一别，今已五载，使君岂遗忘之耶。"仆惊谢曰："将军何人也？"答曰："某即使君旧友云中也。"熟视久之，恍如梦寐。云中复能记予阙下丰采时否耶？历历关河，旧游如隔世。乃对烛光，夜道故旧。明日，复同游武夷九曲[3]，煮茶酌酒，临流赋诗，出入丹崖碧嶂间。心与境会，天趣妙发，长歌剧饮，相与为乐。酒阑兴尽，秋风凄凄，落木雨下，闽关在望，复作远行。予始见君而惧，次得君而喜，终会君而乐，又得名山水以发挥久别抑郁之怀。乐甚而复别，别而复悲，悲复继之以思也。嗟夫！人生聚散，信如浮云，地北天南，会有相见。因赋诗，复为《相逢行》以送之。

一年相逢在京口[4]，笑解吴钩换新酒[5]。城南桃杏

① 舆：车子。 ② 五夫：地名。即五夫里，有内五夫和外五夫，在今崇安东北。 ③ 九曲：武夷山九曲溪。 ④ 京口：今江苏镇江。 ⑤ 吴钩：指佩剑。吴，古吴国。钩，兵器，形似剑而曲。

花正开。白马青衫鞭马走。一年相逢白下门①，短衣窄袖呼郎君。朝游燕赵暮吴楚②，逸气不觉凌青云。一年相逢在阙下③，东家蹇驴日相假④。有如臣甫去朝天，泥滑沙堤不敢打。都门一别今五年⑤，今年相逢沧海边。千山木叶下如雨，雁声堕地秋连天。将军毳袍腰羽箭⑥，拥马旌旗照溪面。小官不识将军谁，卧病孤舟强相见。岂知此地逢故人，摩挲病眼开层云。旧游历历如隔世，夜雨岂不思同群。郎君别后瘦如许，无乃从前作诗苦。溪头月落山馆深，剪烛犹疑梦中语⑦。人生聚散亦有时，且与将军游武夷⑧。弓刀挂在洞前树，洞里仙童来觅诗。稽首武夷君⑨，借我幔顶峰⑩。分我紫霞杯，与子连夜

---

① 白下门：地名，在今南京。 ② 燕赵、吴楚：均为古代国名，即今河北、江苏、湖北等地。 ③ 阙下：宫阙之下，即首都。 ④ 东家：店主人家。 ⑤ 都门：京都的城门。 ⑥ 羽箭：装饰有鸟羽的弓箭。 ⑦ 剪烛：剪去燃过的烛心。唐代诗人李商隐《夜雨寄北》诗："何当共剪西窗烛，却话巴山夜雨时。" ⑧ 武夷：武夷山。 ⑨ 武夷君：武夷山神名。据《建宁府志》载：武夷山，周一百二十里。其山大抵丰上敛下，而色皆红润，世言建为丹山碧水，盖指此地。道家所谓十六洞天，相传曾有神仙降此，自称武夷君。 ⑩ 幔顶峰：山峰名，又名幔亭峰。武夷山名胜之一。相传秦始皇二年八月十五日，武夷君设酒宴会乡人于此，建幔亭。

饮。左手招子乔①，右手招飞琼②。举觞星月下，听吹双凤笙③。我酌一杯酒，持劝天上月。劝尔长照人相逢，莫向关山照别离。凤笙换曲曲未终，天风木梢飘晨钟。拂衣宴罢下峰去，又隔云山千万重。

【翻译】

我因调官出闽地，船行抵达兴田驿还有二十里左右。忽然听见敲锣打鼓的声音，在山间回响。随后看见举着旗帜为前导，兵卒作后卫，中间有骑马的人，身穿皮袍，头裹丝帕，手握缰绳慢慢地走来，目不转睛地盯住我的船。我病了很久，体气虚弱，心理不能不害怕。一会儿，兴田驿的小吏拉着车子前来迎接，于是我离开渡船坐上车子。原先举着旗帜的兵卒转移到车前作向导，骑马的人跟在车后，车子前行，马儿嘶叫，途中不敢交谈一句。到傍晚，抵达馆舍，在烛光照耀下，穿皮袍的人上前说："我是建阳五夫里的巡检官，听说使君要过这里，候在这里将近一个月了。我曾三次同使君见过面，从首都一分别，至今已有五年，使君难道忘记我了吗？"

---

① 子乔：即传说中的仙人。 ② 飞琼：传说的仙女。
③ 双凤笙：乐器，即双凤管。

我惊奇地表示歉意说:“将军是什么人?”他回答说:“我就是使君的老友云中嘛。”我认真地看了他很久,恍惚是在作梦。云中还能记得我在京城的神采吗?经历了数不清的山山水水,老朋友都像隔了一世。于是两人对着烛光,夜里畅叙了旧友之情。第二天又一同游览武夷山九曲溪,煮清茶,斟美酒,临溪流而题诗,出入丹崖碧嶂之间。愉快的心情同优美的景致交融在一起,天然妙趣横生,高歌痛饮,相互取乐。酒干兴尽,秋风凄凄,落叶像雨点般洒下,出闽的关口就在眼前,又要出发远行。我开始见到你感到害怕,接着又为见到你而高兴,终于为同你相会而非常快乐,还得到机会同游名山秀水以抒发久别抑郁的胸怀。快乐到了极点又要分别,分别又要感到悲伤,悲伤之后接着就是思念了。哎,人的一生时而团聚时而分离,确实像浮云一样,地北天南,也会有相见的时候。因而写诗,还作《相逢行》送给云中。

有一年你我相逢在京口,
谈笑间解下宝剑换新酒。
城南桃杏花正开,
白面青衫扬鞭催马走。

有一年你我相逢白下门，
短衣窄袖称呼为郎君。
朝游燕赵而暮游吴楚，
豪迈的气概不觉凌驾九霄云。
有一年你我相逢在宫阙下，
东家的跛脚驴子天天借。
好像杜甫朝天子，
沙堤泥滑不敢鞭打。
京门一别至今已五年，
今年相逢在闽海边。
千山木叶飘落如下雨，
雁声堕地秋色连天。
将军穿着皮袍腰挂羽箭，
人马簇拥旗帜映照溪面。
我已不识将军是何人，
卧病孤舟勉强来相见。
哪知这里碰上老朋友，
摩挲病眼云消散。
昔日交游历历在目如同隔世，
夜雨孤灯怎能不想聚在一起。
郎君别后瘦成这个模样，
是不是从前作诗太辛苦？

溪头月落山馆夜已深，
剪烛笑谈仍然怀疑是梦中语。
人生聚散也得有时机，
暂且陪同将军游览武夷。
弓箭腰刀挂在洞前树上，
洞里的仙童出来求写诗。
叩头参拜武夷君，
借给我幔顶峰，
分给我紫霞杯，
陪你连夜痛饮。
左手招来王子乔，
右手招来许飞琼。
星月之下频频举杯，
听人吹奏双凤笙。
我斟上一杯酒，
捧着劝那天上月，
劝你长照人们来相逢，
不要向着关山照离别。
双凤笙换曲曲未终，
天风摇动树杪响晨钟。
宴罢拂衣下山去，
又隔云山千万重。

再泊钓台

诗题，有的本子作《再泊钓台次鲜于伯机韵》。后至元二年(1336)，诗人往福州赴任时，曾过钓台，写了《夜泊钓台》一诗。后至元三年(1337)，离任往北，又过钓台。所以诗题为《再泊钓台》。钓台，在今浙江桐庐富春山下。相传东汉高人严子陵曾在此隐居垂钓。早年严子陵曾同刘秀相伴游学，刘秀作皇帝后，严子陵隐姓埋名。刘秀请他当谏议大夫，他不愿屈居人下，仍到富春江隐居。后人把他钓鱼的地方取名严陵濑。诗人依鲜于伯机的诗韵而和之。诗中羡慕高人远避红尘，寄情山水，愧恨自己不能摆脱虚名薄利的引诱而四处奔波。

富春山下桐江渡①，今古舟车南北路。

敢将一片名利心，重向高人钓游处②。

星客去后无人住③，苍山白水还朝暮。

鹭鸶也解避红尘④，见人飞向沧洲去。

【翻译】

富春江下的桐江渡口，

从古到今南来北往的通路。

怎敢带着一片追名逐利的心，

再次来到高人游钓处。

严子陵去后无人来住，

苍山白水依然有朝和暮。

鹭鸶也懂得避开人世干扰，

见人一来展翅飞往沧洲去。

---

① 富春山：山名，又名严陵山，在今浙江桐庐西。桐江：水名，在今浙江桐庐。 ② 高人：超凡脱俗的人，诗中指严子陵。 ③ 星客：应为客星，忽隐忽现的星星。诗中指严光。据《后汉书·严光传》载：光武帝请严光去叙谈故旧，夜里睡在一起，严光把脚搭在光武帝的肚子上。第二天，太史奏，说观星斗客星犯御座很厉害。光武帝笑着说：是我同严子陵在一起睡觉。 ④ 鹭鸶：鸟名，即鹭鸟。因鹭顶、胸、肩长的长毛如丝，故名。红尘：佛家和道家称人世为红尘。

百 禽 歌

后至元四年(1338),诗人先被任命为燕南河北道廉访经历。未及动身,又改任河南江北道廉访经历。此诗作于河南任上。诗中揭露的汉密将军,实际是影射元代上层统治集团穷奢极欲、沉溺于声色犬马之中。诗中不仅有揭露和讽刺,而且有恳切的劝告。

汉密将军开大府①,门前纷纷人如雨。繁弦急管耳厌闻②,要听山中百禽语③。购求走马东海头,海头百禽

① 汉:汉代。密:今河南密县。 ② 繁弦急管:嘈杂的音乐声。弦,弦乐器。管,管乐器。 ③ 百禽:百鸟,各种鸟。

声啾啾。疾飞苦走亦不免，能言有色贻身忧①。将军纵使花作屋，不似山林有真乐。江南白苎细于丝②，紫竹方笼作青幕③。鸾凤在野麟在郊④，太平将将胡不招。箫韶一奏百鸟舞⑤，玉帛万国皆来朝⑥。嗟嗟百鸟何足乐，日食将军太仓粟⑦。色衰身死蝼蚁分⑧，不补将军一脔肉⑨。个中鹦鹉最能言⑩，不说舆夫行路难⑪。万山雨暗泥滑滑，不如归去声亦干。行不得也哥哥⑫，九关虎豹高嵯峨⑬。行不得也哥哥！

【翻译】

汉密将军敞开大府第，

门前来往的宾客纷纷像下雨。

嘈杂的管弦乐器听得不耐烦，

---

① 能言：会模仿人说话。有色：羽毛很漂亮。 ② 白苎：白色细致的夏布。 ③ 紫竹方笼：用紫竹制作的鸟笼。青幕：青色的笼罩。 ④ 鸾凤：传说中的神鸟。麟：传说中的仁兽。 ⑤ 箫韶：传说舜制的乐曲，吹奏可引来凤凰，使百兽起舞。 ⑥ 玉帛：玉器和丝织物，作为贡品。 ⑦ 太仓：京城储粮的仓。 ⑧ 蝼蚁：指蝼蛄和蚂蚁两种小昆虫。 ⑨ 一脔肉：一块肉。 ⑩ 鹦鹉：鸟名，能模仿人说话。 ⑪ 舆夫：轿夫。 ⑫ 行不得也哥哥：鹧鸪鸟叫的谐音。意为不能这样干。 ⑬ 九关：九重天门。《楚辞·招魂》："虎豹九关，啄害下人些。"诗里喻敌人。

要听山中各种鸟儿学人语。
购买飞鸟骑马跑到东海头，
东海那边各种鸟儿声啾啾。
拼命的飞跑也不免被抓住，
能说话又漂亮惹来麻烦与担忧。
将军纵然用鲜花装点房屋，
总不像山林中有真正的快乐。
江南白苎麻布比丝织的还细，
紫竹制作方笼罩上青色的幕布。
鸾凤在野外，麒麟在荒郊，
象征太平的神鸟仁兽，将军怎么不招。
吹奏一曲箫韶百兽也来跳舞，
天下万国献上玉帛来朝。
叽叽喳喳的各种鸟叫有什么快乐，
每天要吃将军粮仓中的米粟。
羽毛脱落身死蝼蚁分着啃，
不能补赏将军一块肉。
其中鹦鹉最能模仿人说话，
它却不会说轿夫行路多艰难。
万山黑风暴雨泥路滑，
不如回去的声音都喊干。

行不得也哥哥！

天门九重虎豹出入山高峻，

行不得也哥哥！

华清曲题杨妃病齿

诗题，有的本子作《杨妃病齿图》。这首题画诗，作于至正五年(1345)，诗人在杭州任职。华清，即华清宫，在骊山上，是唐玄宗和杨贵妃的娱乐场所。杨贵妃(719—756)，小名玉环，唐蒲州永乐人。原为玄宗子寿王妃，后为道士，号太真。被选入宫后，受到玄宗特别宠幸，封为贵妃。安禄山作乱时，玄宗逃蜀路过马嵬坡发生兵变，杨国忠被杀，杨贵妃被迫自杀。诗人借题发挥，揭示骄奢淫佚，导致身死国乱的惨痛教训。诗中运用形象生动的比喻，以增添诗的艺术感染力。

沉香亭北春昼长①，海棠睡起扶残妆②。清歌妙舞一时静，燕语莺啼空断肠。朱唇半启榴房破③，胭脂红注真珠颗④。一点春酸入瓠犀⑤，雪色鲛绡湿香唾⑥。九华帐里熏兰烟⑦，玉肱曲枕珊瑚偏⑧。金钗牛脱翠蛾敛⑨，龙髯天子空垂涎。妾身日侍君王侧，别有闲情向谁说。断肠塞上锦绷儿，万恨千仇言不得。成都遥进新荔枝⑩，金盘紫露甘如饴⑪。红尘一骑不成笑⑫，病中风味心自知。君不闻华清宫，一齿作楚藏祸凶⑬。又不闻马嵬

---

① 沉香亭：用沉香木建造的亭子，在唐代的长庆宫龙池东面。 ② 海棠：落叶小乔木，喻杨贵妃。 ③ 朱唇：红唇。榴：石榴，落叶灌木或小乔木。果实呈球形，成熟时，外皮绽开，里面有排列规则的红色种子，皮透明。诗里喻牙齿。 ④ 真珠颗：胭脂染红了牙齿，像一颗颗珍珠。 ⑤ 瓠犀（hú xī 胡西）：瓠瓜籽。因洁白整齐，喻美人牙齿。 ⑥ 鲛绡：传说中海里鱼人织的丝，又名龙纱。 ⑦ 九华帐：绚丽多彩的锦帐。 ⑧ 玉肱：白嫩的胳膊。 ⑨ 金钗：首饰的一种。翠蛾：美人的眉。 ⑩ 荔枝：据《杨贵妃传》载：妃嗜荔枝，必欲生致之，乃置骑传送，走数千里，味未变，已至京师。 ⑪ 紫露：荔枝上的露水。形容荔枝新鲜，连露珠还在。 ⑫“红尘”句：化用唐杜牧“一骑红尘妃子笑，无人知是荔枝来”诗意。 ⑬“一齿”句：据冯子振《海粟集·题杨妃病齿图》：“华清宫一齿痛，马嵬坡一身痛，渔阳鼙鼓动地来，天下痛。”

坡①,一身溅血未足多②。渔阳一日鼙鼓动③,始作开元天下痛④。云台不见汉功臣⑤,三十六牙何足用。明眸皓齿今已矣⑥,风流何处三郎李⑦。

【翻译】

沉香亭北春来白天长,
海棠似的美人睡起扶去理残妆。
清歌妙舞一时间清冷沉寂,
燕语莺啼不禁使人空断肠。
朱唇半开好似石榴房绽破,
胭脂浸进珍珠般的牙齿颗。
一点春酸浸入瓠犀似的皓齿,
透明白色的薄纱湿了香唾。
九华帐内熏兰烟,

---

① 马嵬坡:地名,在今陕西兴平。 ② 一身溅血:指国忠被杀,杨贵妃自缢。苏轼诗有:“宫中美人一破颜,惊尘溅血流千载。” ③ 渔阳:地名,唐代郡名,今北京平谷一带。鼙鼓:战鼓。指安禄山造反。白居易《长恨歌》中有“渔阳鼙鼓动地来”句。 ④ 开元:唐玄宗年号。天下痛:玄宗天宝十四年(755),安禄山在渔阳起兵叛乱,十五年(756),引兵入函谷关,玄宗逃往四川。 ⑤ 云台:汉代宫中高台名。汉明帝在云台上画有中兴功臣三十六人的画像。 ⑥ 明眸:明亮的眼珠。皓齿:白牙齿。 ⑦ 三郎李:指唐玄宗。

玉臂弯曲珊瑚枕偏。
金钗半脱蛾眉紧皱不舒展，
天子翘着龙须站在一旁空垂涎。
我天天亲身侍候在君王侧，
别有闲情还能向谁去诉说？
使人断肠的塞上锦绷儿，
虽有万恨千愁说不得。
成都遥遥进献新荔枝，
金盘托着紫露未干味美如饴。
一马扬起红尘妃子不成笑，
齿痛的滋味只有自己心里知。
你不曾听过那华清宫，
一齿痛楚隐藏下祸凶。
又没有听说马嵬坡？
一身溅血也不算多。
渔阳一日战鼓震天响，
这才觉得开元年间天下痛。
云台看不见汉家的功臣图，
三十六颗白牙哪够用。
明眸皓齿的故事已成过去，
风流的唐玄宗在何处。

中秋泛舟金陵

诗题，有的本子作《中秋月夜泛舟于金陵石头城》。至正六年(1346)秋，诗人到金陵(今南京)任江南诸道行台侍御史。中秋之夜，偕友人泛舟于秦淮河中赏月。俯看水中倒影，浮想联翩。从星空纵横遨游，到人间世事皆非，流露出一种消极的人生态度。

秦淮流水西复东①，倒涵天影磨青铜②。

---

① 秦淮：秦淮河。 ② 青铜：镜子的别称。诗里指圆月在水中的倒影。

飞廉扫空出海月①,明珠飞入琉璃宫②。

著我扁舟二三友,江上雪槎泛牛斗③。

笑语人间两岸灯,进君江上一尊酒。

醉来起舞听皓歌,宛如玉树春风和④。

世间乐事古来少,天下月明今夜多。

六代江山自洒洒,潮落潮生石城下⑤。

人生得意当欢游,此月此水年年秋。

【翻译】

秦淮河的水流向西又流向东,

月影倒映水中仿佛磨青铜。

风神扫荡空中云雾明月出现,

好似明珠飞入耀眼的琉璃宫。

一只扁舟载我二三友,

---

① 飞廉:传说中的风神名。海月:海中动物名,白色形圆。诗里指明月。 ②"明珠"句:指星星映入水中。 ③ 雪:形容白浪。槎:船。雪槎:在白浪中浮游的小船。牛斗:指牛宿和斗宿。泛指满天的星斗。 ④ 玉树春风和:指《玉树后庭花》。南朝后主陈叔宝,沉溺于声色之中,曾同幸臣共制《玉树》、《后庭花》等吴声歌曲,终至亡国。后人把《玉树》、《后庭花》喻亡国之音。唐杜牧诗:"商女不知亡国恨,隔江犹唱后庭花。"许浑在《金陵怀古》中有"《玉树》歌残王气终"的诗句。 ⑤ 石城:石头城,指今江苏南京。

江上小船穿过白浪如同泛斗牛。
人间欢声笑语两岸灯光闪烁，
让我在江上敬你一尊酒。
醉后手舞足蹈听高歌，
好似《玉树》有春风和。
人间的乐事古来就很少，
天下月明今夜乐事多。
六代江山一代接着一代，
潮落潮涨在石头城下。
人生得意时应尽情遨游，
此月此水但愿年年似中秋。

为姑苏陈子平题黄公望山居图

诗题，有的本子作《为姑苏陈子平题》。姑苏，山名，在今江苏吴县西南，后来也称吴县为姑苏。陈子平，名谦，元代吴县人。他一生屏除世好，潜心六艺，旁及百家文章，善赋诗。黄公望字子以，号一峰，又号大痴，平江常熟人。幼习神童科，通三教，旁晓诸艺，善画。他的山水画，师承董源，晚年变其法，自成一家。诗人这首题画诗，把自己对生活的理解和画面自然地联系在一起，既未离开画面，又不受画面拘束，借画面来抒发归隐之情。

尘途宦游廿年余，每逢花月怀幽居。

烟萝荦确走麋鹿①，云壑窈窕通樵渔。

那如隐居不出户，读尽万卷人间书。

人生穹壤贵自摅，布韦轩冕奚锱铢②。

便当买山赋归欤，石田老我扶犁锄。

【翻译】

尘世宦游二十多年，

每逢花前月下总怀念隐居。

烟萝弥漫山间麋鹿在奔走，

云谷茫茫交往樵夫渔父。

那如隐居之人不出门户，

读尽人间留存的万卷书。

人生天地之间贵在心情舒畅，

布韦轩冕怎么去比贵贱悬殊。

有钱买座青山谱写归隐赋，

老翁我在石田里扶犁锄。

---

① 萝：一种蔓生植物。麋鹿：野兽名，人称四不像。头似马、身似驴、蹄似牛、角似鹿，全身灰褐色。 ② 布韦：韦，熟牛皮。布韦，即布衣韦带。轩冕：轩，车子；冕，衣服。轩冕，指卿大夫的车服。锱铢：古代很小的重量单位，比喻微小。

灯蛾来二首

此诗作于至正十二年(1352),诗人在庐州(今安徽合肥)任上。他借用歌谣体形式,用通俗明快的笔调,描写灯蛾扑火、自取灭亡的现象,讽刺那些目光短浅和趋炎附势却把生命当儿戏的人。

其　一

灯蛾劳,灯蛾劳,粉其面,锦其袍。
绕灯不去千百遭,忽然性命轻鸿毛。
一鸟死,百鸟号,一兽死,百兽嗥。
尔为微物不自觉,往来就死何滔滔?
灯虽灭,灯复多,蛾兮蛾兮奈尔何?

【翻译】

灯蛾徒劳，
灯蛾徒劳，
白粉扑面，
披着锦袍。
绕灯不去来回千百遭，
忽然引火烧身性命轻如鸿毛。
一鸟死了，
百鸟哀号，
一兽死了，
百兽吼叫。
你这个微小的生物不觉悟，
往来送死何其多。
灯虽灭，
灯还多，
灯蛾啊灯蛾，你没奈何！

其　二

灯蛾来，灯蛾来，绕灯不去飞徘徊。
清光红焰午夜开，忽然性命随灰飞。
平生不傍太阳里，何故趋炎来就死。
人生有情皆爱身，独尔将身为戏尔。

【翻译】

灯蛾飞来，
灯蛾飞来，
绕灯不去来回徘徊。
清光红焰午夜灯花开，
忽然性命随着烟灭飞灰。
平生不依傍太阳光，
为什么要趋炎附势来送死。
人生有情都要爱惜身体，
只有你把身体当作儿戏！

雨　伞

此诗作于至正十五年(1355)左右。诗人借雨伞的形象,讽刺那些翻手为云、覆手为雨的权势者。诗的民歌味浓,比喻贴切,联系自然。

开如轮,合如束,剪纸调膏护秋竹。
日中荷叶影亭亭,雨里芭蕉声簌簌。
晴天却阴雨却晴,二天之说诚分明①。
但操大柄常在手,覆尽东西南北行。

---

① 二天之说:即阴阳变化。

【翻译】

撑开像飞轮，

合拢像花束，

剪纸调膏保护那秋竹。

日当中午好似荷叶亭亭，

雨里又像芭蕉声簌簌。

晴天却变阴，雨天却变晴，

阴阳变化的说法实在分明。

只要大柄经常握在手，

一手遮天，东西南北任横行。

寄舍弟天与

萨天与，字野芝，诗人的二弟，官至江西建昌路总管。此诗抒发对兄弟的思念之情。诗人到吴、楚等地经商时，带着天与作伴。在《崔镇阻风有感》一诗中有："逆风吹河河倒行，阻风时节近清明……赖有同舟好弟兄。"说明清明时节兄弟二人还同舟而行。此诗描写的是秋天景色，诗人已到湖北孝感，兄弟已分别一段时间了。全诗语言质朴，感情真挚。

鸿雁飞南北，关河隔弟兄。
水通郧子国[1]，舟泊汉阳城[2]。
落木风霜下，高秋鼓角声。
故人如问讯，为我道乡情。

【翻译】

鸿雁飞往南又飞回北，
千山万水隔离我们弟兄。
沿着水路通往郧子国，
一叶小舟停泊汉阳城。
落叶随着风霜飘飘而下，
秋高气爽，鼓角声声。
老朋友如果向你问讯，
为我转达怀念故乡的心情。

① 郧子国：古国名，在今湖北安陆一带。 ② 汉阳：今湖北汉阳，春秋时属郧子国。

九月七日舟次宝应县雨中与天与弟别

诗题，有的本子作《舟次宝应县别弟》。此诗作于泰定丁卯年(1327)九月，诗人赴京口(今江苏镇江)录事司任职。宝应县，在今江苏。诗人与二弟乘船到宝应县，即将分别，诗中抒发了难分难舍的心情。

解缆不忍发，船头雨湿衣。
汝兄犹是客，吾弟独先归。
行役关河远，虚名骨肉稀。
如何淮上雁，不作一行飞。

【翻译】

解下了缆绳不忍开船，

站在船头小雨淋湿了衣衫。

你哥哥仍是宦游客，

我弟弟独自先返还。

爬山涉水旅途遥远，

为了虚名骨肉难见面。

为什么淮河上空的大雁，

不能排成一行往返。

花山寺投壶

此诗作于天历二年(1329)秋,诗人仍在镇江任上。诗中描写了投壶宴饮的情景,抒发了志得意满的思绪。花山,在镇江城东,又名东山。唐皇甫冉诗:“北固多陈迹,东山复胜游。”宋苏舜钦诗:“寺里山因花得名,花今不见草纵横。”可见宋代已有花山寺。古人宴饮时,设特制之壶,宾主依次投矢其中,中多者胜,负者饮酒,称为投壶。

落日花山寺,秋风铁瓮城①。

① 铁瓮城:原镇江府有子城,用砖加固,号铁瓮城。

居人欢讼简①，稚子说官清。
系马岩花落，投壶野鸟惊。
兴阑山下路，相送晚钟鸣。

【翻译】

落日照着花山寺，
秋风吹遍铁瓮城。
居民们欢呼诉讼少，
少年们都说官吏清。
系马岩下花片落纷纷，
投壶欢笑野鸟受惊。
玩到兴尽下山去，
相送道别晚钟长鸣。

① 讼简：诉讼少。

漫　兴

此诗作于天历二年(1329),诗人在镇江录事司任达鲁花赤,他受儒家勤政爱民的思想影响较深,为官清廉,同情老百姓的疾苦,在诗中抒发了忧国忧民的真挚感情。据有关史料载:从泰定二年(1325)到天历二年(1329)正月,五年时间陕西大旱不雨,饥荒严重,出现了人吃人的悲惨局面。天历二年(1329)三月到四月,河南、河北、山东、江苏、浙江又发生蝗虫灾害,饥民达一百多万户。

去岁干戈险①，今年蝗虫忧。
关西归战马②，海内卖耕牛。
元老知谁在，孤臣为尔愁。
凄风吹短发，落日倦登楼。

【翻译】

去年遭受战争危险，
今年旱蝗灾害令人担忧。
关西退回了出征战马，
海内饥饿农民卖耕牛。
开国元老不知有谁健在，
孤独的臣子为你发愁。
凄风吹拂着稀疏短发，
落日西沉懒于登上层楼。

---

① 去岁句：指致和元年(1328)九、十月间，上都的阿速吉八和大都的图帖睦尔，为争皇位发生的内战。 ②“关西”句：指陕西的靖安王响应上都，出兵潼关，直逼虎牢关，后又退兵一事。

和虞伯生寄韵

诗题，有的本子作《和学士伯生虞先生寄韵》。虞伯生，名集，祖籍四川仁寿，宋亡后侨居江西临川。曾任奎章阁侍书学士，是盛元文坛大家。萨都剌同虞集之间互有赠答。虞集读了萨都剌寄给他的《花山寺投壶》诗之后，写了《寄丁卯进士萨都剌天锡》："江上新诗好，亦知公事闲。投壶深竹里，系马古松间。夜月多临海，秋风或在山。玉堂萧爽地，思尔佩珊珊。"于是萨都剌依韵和诗，表达对虞伯生的仰慕之情。

白鬓眉山老①，玉堂清昼闲②。
声名满天下，翰墨落人间③。
才俊贾太傅④，行高元鲁山⑤。
独怜江海客⑥，尊酒夜阑珊。

【翻译】

两鬓斑白的眉山老，
翰林院内整天自然悠闲。
名声传遍天下，
文章字画流传在人间。
才华超群犹如贾太傅，
行为高洁好似元鲁山。
可怜我这四处流浪人，
自斟自酌夜阑珊。

---

① 眉山：四川峨眉山，虞集祖籍四川仁寿，近峨眉。② 玉堂：指京都翰林院。③ 翰墨：笔墨。喻文章书画。④ 贾太傅：贾谊。汉代文学家，才华出众，曾作长沙王太傅。⑤ 元鲁山：元德秀字紫芝，唐河南人。少孤，以孝闻名。举进士，不忍离母，自己背着母亲到京师。登第后，母死，结庐守在墓旁。生活贫困，求为鲁山令。年满退职，居住陆浑。不慕名利，陶然自得其乐。房琯每见叹息道：见紫芝眉宇，使人名利之心尽弃。人们仰慕他的品格，称为元鲁山。⑥ 江海客：喻四处漂流的人。

次虞阁老见寄

诗题，有的本子作《次韵答奎章虞阁老伯生见寄》。此诗即答《寄丁卯进士萨都剌天锡》一诗，前首的说明中已引。答诗不仅要按原诗的体裁和押韵，而且要与原诗的句意相呼应。诗中一句写虞集，一句诗人自我写照。隐恨大志不伸，只得放浪形骸，让时光白白流逝。

衮职须公称①，江波属我闲。
宦情鱼鸟畔，德誉董韩间②。

① 衮职：三公之职。 ② 董：董仲舒；韩：韩愈。前者为汉代经学大师，著书讲学，推崇儒术，贬抑百家。后者是唐代古文运动的领袖。

黄阁论思地①，金焦放浪山②。

尽操舟泛泛，空忆佩珊珊。

【翻译】

三公的位置只虞公相称，

观赏滚滚波涛属我清闲。

宦游情趣不如同鱼鸟为伴，

德高望重堪与董韩并肩。

三公公署是论辩的重地，

放浪形骸需来金山焦山。

我总是漂流五湖四海，

枉自回忆玉佩声珊珊。

① 黄阁：汉代为丞相听事阁。以后三公官署也称黄阁。诗中指奎章阁。② 金焦：指分别在镇江西北和东北的金山和焦山。

赠欣笑隐长老

此诗作于至顺三年(1332)四月。至顺元年(1330),诗人曾作《送欣上人笑隐住龙翔寺》。欣上人,姓陈名大欣,江西南昌人。出家后先到浙江吴兴乌回,后到凤山天竺作住持禅师,博学多识,自号笑隐。文宗即位后,把金陵(今南京)改为集庆路,并命令把他过去住过的地方改修为寺庙,取名大龙翔集庆寺。天历二年(1329)到中天竺召陈大欣主持集庆寺,授大中大夫。此诗是诗人亲临龙翔寺后,见到寺里的盛况,对元统治者大兴佛寺,耗费巨大的人力物力,感慨万千。

佛宫天上有，人世见应稀。

客遇钟鸣饭，僧披御赐衣①。

青春忘蝶梦②，白日说龙飞③。

遥忆宸游处④，金莲照夜归⑤。

【翻译】

这样的佛宫只应天上才有，

人世见到应说很稀奇。

游客遇上钟鸣供斋饭，

僧人披上皇帝所赐衣。

青春忘却蝴蝶梦，

白天谈论神龙在此起飞。

遥想当年皇帝游历处，

金莲烛照亮夜路归。

① 御赐衣：僧人原穿黑衣，文宗因宠笑隐，赐穿黄衣，徒众也穿黄衣。 ② 蝶梦：即庄周梦为蝴蝶。 ③ 龙飞：喻皇帝兴起和即位。诗里指文宗，因龙翔集庆寺是他曾住过的地方。 ④ 宸：帝王住的地方。诗里喻帝王。 ⑤ 金莲：即金莲烛，古时宫廷内点的蜡烛。

过采石驿

采石驿，在今安徽马鞍山长江东岸的采石矶处。此诗作于至顺三年(1332)四月，诗人抒发了宦游途中的寂寞思乡之情。

客路青山外，乡心落照边。
轻岚浮野树，凉雨过江天。
水调谁家笛①，江帆何处船？
蛾眉台上月②，今夜照孤眠。

---

① 水调：曲调名。 ② 蛾眉台：即采石山上的蛾眉亭，宋郡守张环建。前面有博望、梁山夹大江，对峙如眉。

【翻译】

游客路途远在青山外，
思乡之心到了日落的天边，
烟雾飘浮在野树上，
凉雨飞过淮河天。
水调是谁家传出的笛声，
江中扬帆是驶向何处的船？
蛾眉台上淡淡的月色，
今夜照着我孤单地入眠。

玉山道中

玉山，在今江西玉山，元属江浙行省的信州(今江西上饶)。诗人用简洁明快的语言，描写了玉山的自然风光，充满对江南灵山秀水的热爱。

积雨千峰霁，溪流两岸平。
野花多映水，山鸟自呼名。
人语随乡变，官船带月行。
江南数千里，无处不关情。

【翻译】

雨过天清群山秀朗，

溪流两岸坦坦平平。
岸边野花映入溪水，
山中飞鸟自相呼名。
人们的语言随乡土改变，
宦家渡船带着月色航行。
走遍江南几千里，
没有一处不牵动我的心。

泊舟黄河口登岸试弓

诗题，有的本子作《舟泊登岸试弓》。诗人本是将门后代，不仅能挥毫作诗，而且能开弓放箭。诗人虽年过古稀，豪情尚在，壮心不已。全诗气势豪放。

泊舟黄河口，登岸试长弓。
拉弦满明月，脱箭出秋风。
旋拂衣上露，仰射天边鸿。
词人多胆气，谁许万夫雄。

【翻译】

轻舟停在黄河渡口，

登上河岸试试长弓。
拉开弓弦满似明月，
放箭犹如呼号的秋风。
很快拂去衣上的露水，
仰头射那天边的飞鸿。
词人胸中有的是豪气，
谁来称许万夫不挡的英雄。

大 别 山

大别山，一名翼际山。因山上有鲁肃祠，又名鲁山（今湖北武汉长江大桥汉阳一侧的龟山）。这是一首吊古伤今之作，全诗气势恢宏，意境辽阔，含义深远。

落日在平地，苍茫吴楚秋①。
人随孤鹤远，天共九江流②。
风物吞淮海③，楼船下鄂州④。
凭高一远眺，不尽古今愁。

---

① 吴楚：古代吴国和楚国，今江苏、安徽、湖北、河南等地。 ② 九江：指流经吴楚地带的江河。 ③ 淮海：淮河、大海。 ④ 楼船：战船。鄂州：今湖北武昌，元为鄂州路。

【翻译】

落日映照辽阔大地，
苍苍茫茫已是吴楚深秋。
目光随着孤鸿飞远，
万里长空随九江奔流。
自然风物为淮河大海吞没，
扬帆大船驶下鄂州。
登临高峰凝神远眺，
说不尽古今的忧愁。

过 高 唐

诗题，有的本子作《过高唐感事》。高唐，元为燕南河北道高唐州，即今山东高唐。此诗作于至正三年(1343)，诗人由大都赴杭州任浙江行中书省郎中，路过高唐。他发现文宗太子燕帖古思之墓，有感而作。元顺帝即位后，为报父仇，于后至元六年(1340)六月，诏令废除文宗庙号，贬太皇太后宏吉剌氏于东安州。放逐燕帖古思于高丽，杀于途中。正史未记死于何地，这首诗可弥补正史之不足。诗中描写的图景是荒凉的，寄寓对死者的同情。

残雪覆碧草，凄风吹未消。
王孙去不返，魂魄又谁招。
往事如春梦，无人问早朝。
荒陵斜照里，松柏晚萧萧。

【翻译】

残雪覆盖着青草，
凄风吹过雪未全消。
龙子王孙一去不返，
飘零的魂魄有谁来招。
过去的事像一场春梦，
没有人来问安早朝。
荒坟躺在斜阳余照里，
晚风吹来松柏声萧萧。

过贾似道废宅

贾似道(1213—1275),字师宪,浙江天台人。南宋卖国权臣。他因是宋理宗宠妃的弟弟而受重用。开庆元年(1259),蒙古军攻鄂州,他领兵救援时,私自向忽必烈乞求赔款称臣,蒙军暂退,他谎报大捷,拜为右丞相。宋度宗时,又升为太师、平章军国重事、魏国公。蒙军围困襄阳的几年中,他既不上奏,也不派援兵。咸淳元年(1274),鄂州陷落,不得已而出兵,他又故技重演,向蒙古军统帅伯颜求和,被拒绝。兵败后,先贬婺州,不被婺人所容,再贬循州。行至漳州时,被监送人郑虎臣杀死。废宅,指杭州葛岭的集芳园,是宋理宗赐给贾似道的。诗人是在借古讽今。

平章亦何者①，此地起楼台。
社稷无人物②，湖山构祸胎。
前朝亡国恨，遗迹后人哀。
落日空江上，王宫亦草莱③。

【翻译】

贾平章曾是何等人，
在此地建起高高的楼台。
国家没有力挽狂澜的人物，
湖光山色孕育了这个祸胎。
前朝国破家亡的遗恨，
遗迹引起后人悲哀。
落日映照着空空的江面，
王宫旧址已经长满草莱。

① 平章：官名，平章军国重事，权位在丞相之上。 ② 社：土神。稷：谷神。历代封建王朝必先立社稷坛，祭祀土神和谷神。后来就以社稷代表国家。 ③ 草莱：杂草。

野潜堂

野潜堂，在今浙江青田，是叶叔至隐居的别墅。此诗是诗人游览野潜堂时，欣然命笔，抒发了对叶叔至的羡慕之情。

高隐有深意，情闲值万金。
溪鱼鲜作脍，竹笋长成林。
鹤有还巢梦，云无出岫心①。
读书风雨夜，灯火野堂深。

① "云无"句：化用陶渊明《归去来辞》"云无心以出岫，鸟倦飞而知还"意。

【翻译】

超凡脱俗的隐居很有深意，

清闲自适的情趣价值万金。

溪中的鲜鱼可以作脍，

嫩笋已长成茂密的竹林。

仙鹤也有飞回旧巢的梦想，

白云不想飘出山洞门。

在风雨之夜读书，

野潜堂里灯火明。

述 怀

诗人到南方经商谋生，是生活所迫，并非出于本心。时逢深秋，黄叶飘落，触景生情，胸中有无限感伤，全诗流露出思念家乡的惆怅。

客身去住与心违，误掷渔竿下钓矶①。
好客不来门户俗，老亲相别信音稀。
青春背我堂堂去，黄叶无情片片飞。
遥望家山搔短发，故园酒熟蟹螯肥②。

---

① 钓矶：水边突出的岩石或石滩，可以坐在上面钓鱼。
② 螯(āo)：螃蟹的第一对脚。

【翻译】

旅途中的去留与心相违，
不该抛弃渔竿走下钓矶。
高尚的客人不来门户低俗，
同父母离别以来音信稀。
青春公然离我而去，
黄叶无情片片翻飞。
遥望家乡搔弄着稀疏短发，
故乡酒熟螃蟹正肥。

安　分

该诗从标题到内容，表明人生的荣辱都由天命，要听其自然，不必去追求荣华富贵。这是诗人在仕途无门，求利不得的情况下，流露出的悲观失望的消极情绪。诗句通俗自然。

心求安乐少思钱，无荣无辱本自然。
春日赏花惟贳酒①，冬天踏雪旋添绵。
频将棋局消长日，时爇香薰篆细烟。
万事皆由天理顺，何愁衣禄不周全。

---

① 贳（shì 示）：赊欠。

【翻译】

心里要得到安乐少去想钱，
没有荣耀也没有羞辱原本自然。
春日赏花只有去赊酒，
冬天踏雪赶快给寒衣加绵。
常将棋局消磨漫长时日，
不时熏香缭绕着缕缕细烟。
万事万物都顺应天理，
何必担心衣食周全不周全。

丁卯及第谢恩

诗题，有的本子作《丁卯及第谢恩奉天门》。泰定四年丁卯(1327)三月，时年五十六岁的萨都剌以三甲进士及第，从此进入仕途。元代科举制度规定，放榜前一天，礼部通知中选进士第二日到崇天门前，有关部门在那里设香案，皇帝令有关官员宣布名单，进士们叩头谢恩，然后放榜。诗人描绘了谢恩的场面和自己的激动心情。

禁柳青青白玉桥①,无端春色上宫袍②。

卿云五彩中天见③,圣泽千年此日遭④。

虎榜姓名书敕纸⑤,羽林冠盖竖旌旄⑥。

承恩朝罢频回首,午漏花深紫殿高⑦。

【翻译】

宫禁青青柳树白玉石桥,

无限春色笼照着官袍。

五彩祥云在天空出现,

千年圣泽今天领受到。

龙虎榜的姓名写在彩纸上,

羽林军冠盖如云又竖立旌旄。

承蒙恩惠的礼仪完毕频频回首,

中午繁花似锦殿阁高又高。

---

① 禁柳:指宫墙内的杨柳。白玉桥:即白石桥。 ② 宫袍:宫中穿的官服。 ③ 卿云:一种云气,古人认为它是一种祥瑞的象征。中天:即天空。见:现。 ④ 圣泽:指皇帝的恩泽,即仲进士是蒙受皇帝的恩惠。 ⑤ 虎榜:参加会试后,中选的人称为登龙虎榜。敕纸:皇帝诏令,用来书写进士名单张榜的彩纸。 ⑥ 羽林:羽林军,皇帝的近卫军。旌旄:旗帜。⑦ 漏:古代的计时器。紫殿:宫殿。

赐恩荣宴

诗题，有的本子作《敕赐恩荣宴》。此诗与《丁卯及第谢恩奉天门》作于同时，抒发同一心情。中选进士在谢恩发榜之后，再安排日期在翰林国史院设宴招待进士，皇帝到会宣布名次以示恩宠，称为恩荣宴。参加宴会的有中书省官员，以及所有的考试官。最后选定日期到宫廷上表谢恩。

内侍传宣下玉京①，四方多士预恩荣。

① 玉京：京城。此指宫阙。

宫花压帽金牌重①，舞妓当筵翠袖轻。

银瓮春分官寺酒②，玉杯香赐御厨羹③。

小臣涓滴皆君赐，惟有丹心答圣明。

【翻译】

宫内侍臣宣布诏令下宫阙，

四方八面的才子享受恩荣。

宫花压帽金牌分量重，

歌女们当筵起舞翠袖轻。

银瓮里装满了宫廷美酒，

玉杯内酒气芳香还赐御厨羹。

小臣的点点滴滴都是君王恩赐，

只有献上一片丹心报答圣主英明。

① 宫花：参加恩荣宴的进士和官员都戴花到寓所，叫做宫花。金牌：在木简上刻有“御赐”字样，用金粉填写，称为金牌。 ② 银瓮：银制的酒器。春分：即分春。春，指酒，所分的酒，散发出春天气息。 ③ 御厨：皇帝的厨房。

过孙虎臣园

诗题，有的本子作《过孙园》。诗人在泰定丁卯(1327)进士及第后，被任命为镇江录事司达鲁花赤。此诗是他由大都往镇江赴任，路过孙虎臣园时，有感而作。孙虎臣是抗元英雄。宋恭宗德祐二年(1276)，他驻守泰州，蒙军围城，援兵不至，城破自杀。孙虎臣园，原名丽芳园，在江苏仪征县城以东水流交汇处。宋咸淳年间，孙虎臣作知县时重新修建。并写了《丽芳园记》："所谓丽芳园者，滨湖一景，水绕烟闲，浮屠祠庐，金碧参差，桥堤起伏，互相映带，实尤一郡之胜。顾其亭圮陋，弗与景称，乃撤而新之。翘栋疏棂，栏槛通爽，匾之曰'湖光'。又即旧址结数椽，杂植群卉修竹，匾以‘丽芳’，因园名也。”诗人以金谷园的荒凉喻孙虎臣园的冷落，抒发人世沧桑的慨叹！

洛阳花木昔如霞①，冷雨酸风尽委沙②。
金谷东风只芳草③，绿窗晴日自杨花。
莺儿老去空台榭④，燕子归来无主家。
回首繁华歌舞地，景阳宫沼夜闻蛙⑤。

【翻译】

洛阳的花木当年美如彩霞，
而今冷雨霜风尽弃荒沙。
金谷园中只有东风吹芳草，
绿窗晴日飘飞着杨花。
莺儿离开了留下空空的台榭，
燕子回来却没有主人家。
回想那繁华的歌舞胜地，
景阳宫的池沼夜听鸣蛙。

---

① 洛阳：今河南洛阳。 ② 开头二句，有的本子作：“将军一去繁华尽，池馆长年锁暮霞。” ③ 金谷：即金谷园。见本书《醉歌行》注①。 ④ 台榭：一作“歌榭”。 ⑤“回首”二句：有的本子作：“王气东南已销歇，景阳宫沼夕鸣蛙。”景阳宫，南朝陈的宫殿。宫中有井，隋兵入宫，陈后主与张、孔二妃匿于井中。

还 京 口

致和元年(1328)冬，诗人由大都返京口(今江苏镇江)任上，此诗流露了倦于宦游、决心归隐的情怀。建安十四年(209)，孙权为抗拒曹操，把首府从苏州迁往京口，称为京城。建安十六年(211)，又迁往秣陵(今南京江宁)，于是又把京口改为镇。

黄鹤山头雪未消①，行人归计在今朝。

城高铁瓮江山壮②，地接金陵草木凋③。

---

① 黄鹤山：本名黄鹄山，在镇江府西南。 ② 铁瓮：指用砖加固的原镇江府子城。 ③ 金陵：今江苏南京。

北府市楼开旧酒①，南朝官柳识归桡②。

吏人莫见参军面③，水宿风餐鬓发焦。

【翻译】

黄鹤山头积雪没有全消，

宦游人决计归隐在今朝。

铁瓮城高江山多么雄壮，

地连金陵草木枯凋。

北府市楼打开旧时酒，

南朝官柳也认识归桡。

吏人没有瞅见参军脸，

水宿风餐鬓发已枯焦。

---

① 北府：东晋建都在南京，军府设在南京北面的扬州，故称北府。 ② 南朝：东晋以后，中国分裂为南、北两部分，占据南方的宋、齐、梁、陈四朝，历史上称为南朝。桡：船桨。指代船。 ③ 参军：官名。东汉末有参谋军务之名，简称为参军。晋以后军府和王府开始设置官员。有单称的，有冠以职名的，如咨议、记室、录事及诸曹参军等。诗里作者自指，因萨都剌任京口录事长。

江城玩雪

此诗描绘了一幅江城降雪时的壮美景色。诗人抒发了对祖国山河的热爱之情。

雪色纷纷客倚栏，长江风急吼天关。
千重铁瓮成银瓮①，一夜金山换玉山②。
舟子迷归寒浦外③，衲僧疑在白云间④。
晓来霁日高林照，好景依然悦我颜。

---

① 铁瓮：铁瓮城，指镇江，见本书《还京口》注。 ② 金山：在镇江西北的大江中，现已与南岸相连。 ③ 浦：水滨。 ④ 衲僧：僧人。衲，缝补。僧衣用碎布缝成。

【翻译】

大雪纷纷客人倚着栏杆，
长江风急浪大吼声震天关。
重重叠叠的铁瓮变成银瓮，
一夜间金山换成了玉山。
舟夫迷了归路停泊在寒浦外，
僧人们怀疑住在白云间。
拂晓云开雾散林中红日高照，
美好的景色依然使我开心颜。

夜中病坐

此诗作于天历二年(1329)夏秋之交。诗人在镇江任上,患了长时间的疟疾。凡这一时期留下的许多诗,都提到病,甚至在诗题中就标出来。如《病中书怀》、《病中寄即休上人》、《病中寄了上人》等。在《病中夜坐》这首诗中,反映诗人虽病魔缠身,除了服汤药之外,仍冥思苦索,潜心创作的情景。

江树花开午夜春①,绿香吹散隔帘云②。

① 午夜:半夜。 ② 绿香:指香炷青烟。

吟诗苦索家人骂，捣药声高邻舍闻。
惟有工程餐白术①，竟无情绪对红裙②。
消愁且喜楼西畔，明月一池蛙乱喧。

【翻译】

江边树上开花午夜里增春，
绿香吹散，清烟好似隔帘云。
家人骂我吟诗苦苦思索，
邻舍也能听到捣药声。
只有工夫去服食白术，
竟然没有情绪对佳人。
消解愁闷暂时去到楼西面，
望着一池明月听蛙声。

---

① 白术：中草药名，能消热健胃。② 红裙：妇女穿的裙子，诗中指代妇女。

记　事

这是一首纪事诗。诗人直言不讳，揭露元文宗弑兄篡位的历史事实，填补正史讳言不记的空白。元武宗海山传位给其弟仁宗。兄弟相约，将来仁宗把位传给武宗之子。但仁宗背约，传位给其子英宗，让武宗的长子周王和世㻋出居漠北，次子怀王图帖睦尔出居江陵。后来英宗出行被杀，由泰定帝以晋王的身份即位，并立其子阿速吉八为太子。致和元年(1328)七月，泰定帝死。太子在上都即位。燕铁木儿则在大都发动兵变，迎怀王入大都即位，是为文宗。并攻陷上都。文宗派人到漠北迎立周王，下诏四方说：谨俟大兄之至，以遂固让之心。于是周王在和宁之北即位，是为明宗，立文宗为太子。当明宗南行至旺忽察都（今河北张北）时，却被燕铁木儿和文宗害死。清代顾嗣立在《读元史诗》八首之一中说："黄帝哀鼎湖，汉文迎代邸。沙漠有大兄，固让诚得体。车驾次和宁，青宫拜玉陛。须臾行帐中，仆御闻出涕。烛影斧声疑，当时被诃诋。扶玺上马驰，物议恐难洗。史氏多忌讳，纪事只大氐。独有萨经历，讽刺中肯綮。游魂洒泪诗，千载笑兄弟。"

当年铁马游沙漠①，万里归来会二龙。
周氏君臣空守信②，汉家兄弟不相容③。
只知奉玺传三让④，岂料游魂隔九重。
天上武皇亦洒泪⑤，世间骨肉可相逢⑥。

【翻译】

当年铁马远游大沙漠，

① 游沙漠：指周王和世㻋出居漠北。 ②"周氏君臣"句：指周王受文宗的欺骗。 ③"汉家"句：影射文宗杀害周王。 ④ 玺：皇帝的大印。 ⑤ 武皇：即元武宗海山。周王和文宗之父。 ⑥"世间"句：指周王、文宗兄弟二人。

万里归来要会二龙。

周氏君臣枉自守信义，

汉家兄弟不能相容。

只知捧着皇帝大印再三推让，

哪能料到游魂远隔九重。

天上武皇有知也会洒泪，

人世间的骨肉却不能相逢。

春日登多景楼二首

诗题，有的本子作《春日登北固多景楼奉即休长老二首》或《登北固城楼》。天历三年(1330)春，作者登上北固山多景楼时，触景生情，写此诗赠给即休长老。对历代兴衰变化，发出无限感慨。多景楼在北固山上的甘露寺内，由宋太守陈天麟建，原为唐临江亭故址。

其　一

醉拍栏干起白鸥，登临不尽古今愁。

六朝人物空流水①，三国江山独倚楼。
短发凉风吹木叶，孤城落日下帘钩。
海门不管兴亡事②，犹送春潮打石头③。

【翻译】

醉拍栏干惊起白鸥，
登上楼台引起古今无限愁。
六朝人物如同流水，
三国的江山依旧，独自倚着多景楼。
凉风吹拂短发和青青的木叶，
孤城日落家家放下帘钩。
海门不管历代兴衰事，
仍然送来春潮打石头。

其　二

东风吹树散晴岚，独上层楼酒半酣。
拍岸潮声来海外，满江山色入淮南④。

---

① 六朝：指在金陵（今江苏南京）建都的六个朝代：吴、东晋、宋、齐、梁、陈等。 ② 海门：地名，今属江苏，本为汉海陵县东洲镇，五代时置海门县，因地处海隅而得名。 ③ 石头：石头城（今江苏南京）。 ④ 淮南：淮河南岸。

当时霸主分三国，此日吴禅老一龛①。
惟有楼前旧时柳，年年三月色如兰。

【翻译】

春风吹散了树梢上的云烟，
独自登上高楼酒兴半酣。
拍岸潮声来自大海之外，
映满江中的山色是淮南。
当年的霸主三分中国，
今日吴僧老死一神龛。
只有楼前旧时的杨柳，
年年三月色碧兰。

① 龛：供神佛的小阁子。

送欣上人笑隐

诗题，有的本子作《送欣上人笑隐住龙翔寺》或《寄贺天竺长老欣笑隐召住大龙翔集庆寺》以及《集庆龙翔寺》。关于欣笑隐其人和龙翔集庆寺，见《赠欣笑隐长老》一诗说明。据说虞集读此诗后，觉得“闻听”二字意思重复，马祖常也有同样意见。诗人想作改动未能。后来他到临川拜访虞集，又谈及此诗。虞集说：唐人诗里有“林下老僧来看雨”这样的诗句，可把“闻”改为“看”，遂有诗人拜虞集为一字师的趣谈。反映出诗人严肃认真、谦虚好学的写作态度。

江南隐者人不识①，一日声名动九重②。
地湿厌看天竺雨③，月明来听景阳钟④。
衲衣香暖留春麝⑤，石钵云寒夜卧龙⑥。
何日相从陪杖履⑦，秋风江上采芙蓉。

【翻译】

江南有位隐者人们不认识，
一朝名声才气让皇帝看重。
地湿厌看天竺山的绵绵细雨，
月明来听南京景阳楼撞钟。
百衲衣春来留着麝香气，
寒云缭绕，石钵有卧龙。
何日才能相随陪伴您，
秋风江上共同采芙蓉。

---

① 江南隐者：指欣笑隐。② 九重：原指九天。诗里喻皇宫。③ 天竺：寺名，在杭州灵隐山飞来峰南，有上天竺、中天竺、下天竺三寺。④ 景阳钟：指南京景阳楼上的钟，旧址在今玄武湖侧。南齐武帝（萧赜）因宫深听不见端门鼓漏声，置钟于景阳楼上。宫人闻钟声，早起装饰。⑤ 衲衣：百衲衣。麝（shè 射）：野兽名。雄性脐部有香腺，能分泌麝香。⑥ 卧龙：指隐者欣笑隐。⑦ 杖履：古礼五十岁老人得扶杖，又古人入室，鞋必脱于室外。为尊敬长辈，长者可入室而后脱鞋。后用“杖履”为敬老之词。

季 子 庙

季子，春秋时吴国公子，是吴王寿梦的第四子，名季札。在弟兄四人中，他最贤能。寿梦想把王位传给他，坚辞让国。寿梦死后，诸樊即位，国人拥戴季札，他却逃到山里，躬耕自食。诸樊临死前留下遗嘱，要兄弟依次传位，目的仍要把位传给他。后来他仍坚辞不受。因封于延陵，又称延陵季子。季子庙有三：南庙在晋陵、北庙在武进。诗里写的是西庙，在丹阳南面的延陵镇。诗人赞誉季札让国，影射仁宗背约，文宗争立，兄弟相残。

公子不来春草绿①，故宫禾黍亦离离②。
沸泉尚有千年井③，古篆犹存十字碑④。
去国一身轻似叶⑤，归家两鬓细如丝。
李家兄弟一朝暮⑥，莫过延陵季子祠。

【翻译】

公子一去不来春草碧绿，
吴宫遗址的禾黍生长茂密。
还有千年沸水滚滚的井，
依然保存着古篆十字碑。
让位去国一身轻似落叶，
归家两鬓斑白细如丝。
弟兄争位残杀在一朝一暮，
不要来拜谒延陵季子祠。

---

① 公子：即吴公子季札。② 故宫：吴国宫殿的遗址。③ 沸泉：在丹阳南四十里，沸井有四，二清二浊，沸水滚滚，昼夜不停，故称沸泉。④ 篆：汉字体的一种。十字碑：指延陵季子碑。碑有古篆："呜呼有吴延陵君子之墓"十字。相传是孔子所书。⑤ 去国：指季札让国不受。⑥ 李家兄弟：语意双关，明指唐武德九年(626)夏，太子李建成与李世民为争夺皇位继承权而发生的流血事件。六月四日，李世民在长安太极宫北门玄武门发动政变，杀死太子李建成及四弟李元吉。夺得太子位。诗里影射文宗杀害其兄周王和世球一事。

四时宫词四首

至顺元年(1330)五月，诗人在镇江满职后，授翰林国史院应奉文字。这几首宫词是他回大都之后所作。他的宫词，最长于情，描写细腻，格调清新，颇受时人推崇。内容也有一定的深度，触及到某些现实问题。这四首诗，刻画了禁闭深宫的妇女形象，诗人对她们的遭遇寄寓深切同情。

其　一

御沟涨暖绿潺潺①，风细时闻响佩环②。
芳草宫门金锁闭，柳花帘幕玉钩闲③。
梦回绣枕听黄鸟④，闲倚雕栏看白鹇⑤。
落尽海棠天不管⑥，修眉惭恨锁春山⑦。

【翻译】

宫河春来水涨绿波潺潺，
微风吹过时时听着响佩环。
芳草萋萋宫门被金锁紧闭，
柳花翻飞帘幕低垂玉钩闲。
梦醒后头靠绣枕听黄鸟，
困倦时扶着雕栏看白鹇。
海棠花落尽了老天不会管，
长眉惭恨愁容满面锁春山。

---

① 御沟：流入皇宫的河道。 ② 佩环：古代妇女结于衣带上的珠宝玉器等饰物。 ③ 玉钩：玉制的帘钩。 ④ 黄鸟：黄莺。 ⑤ 白鹇：又名银雉，形似山鸡而呈白色。 ⑥ 海棠：落叶小乔木，花呈白色或淡粉红色。 ⑦ 春山：喻宫女的眉毛。

其　二

日长缝就缕金衣①，高柳风清拂翠眉②。
闲倚小楼题画扇，但闻别院笑弹棋。
主家恩爱有时尽③，贱妾心情无限思。
又向晚凉新浴罢，琵琶自拨断肠词④。

【翻译】

夏天日长缝好了缕金衣，
清风吹过柳树拂翠眉。
闲来倚着小楼题写画扇，
只听到别院欢笑正弹棋。
主人家的宠爱会有尽头，
贱妾心中留下无限情思。
晚来清凉刚刚洗浴完毕，
怀抱琵琶独自拨弄断肠词。

---

① 缕金衣：用金缕线编织的衣服。 ② 翠眉：古时妇女用黛螺描画的眉，叫翠眉。 ③ 主家：指皇帝。 ④ 琵琶：乐器名，有四弦和六弦之分。断肠词：极度思念和悲伤的曲调。

其　三

宫沟水浅不通潮，凉露瑶街湿翠翘①。
天晚不闻青玉佩，明月偷弄紫云箫。
离宫夜半羊车过②，别院深秋鹤驾遥③。
却把闲情望牛女④，银河乌鹊早成桥⑤。

【翻译】

宫河水浅不通海潮，
玉街凉露沾湿了翠翘。
天色已晚却听不见鸾铃玉佩，
月明如昼偷偷吹奏紫云箫。
离宫夜半仍有羊车经过，

---

① 翠翘：古代妇女的头饰，象翠鸟尾之长毛。 ② 离宫：帝王在外出游乐时，暂住的行宫。羊车：宫中轻便的小车，由皇帝乘坐。 ③ 别院：眼离宫同。鹤驾：指太子车驾。据刘向《列仙传·王子乔》载：王子乔者，周灵王太子晋也。好吹笙，作凤凰鸣，游伊洛之间。道士浮丘公接他上嵩山，三十余年后，乘白鹤驻山头，望之不可到，举手谢时人。故后世称太子车驾为鹤驾。 ④ 牛女：即牵牛星和织女星。 ⑤ 银河：天河。乌鹊早成桥：神话传说，每年农历七月七日，乌鹊衔枝为桥，让牛郎、织女渡银河相会。

别院深秋皇帝车驾见不到。
闲得无聊仰头望牛郎织女，
银河上的乌鹊早已搭成桥。

其 四

悄悄深宫不见人，倚门惟有石麒麟①。
芙蓉帐冷愁长夜，翡翠帘垂隔小春②。
天远难通青鸟信③，瓦寒欲动白龙鳞④。
更深怕有羊车到，自起笼灯照雪尘。

【翻译】

深宫里死气沉沉不见人，
倚门站立的只有石麒麟。
芙蓉帐内清冷长夜难忍，
翡翠窗帘之外是小阳春。
天远青鸟难于传书带信，

---

① 麒麟：传说中的神兽。石麒麟，用石头雕塑的麒麟。② 小春：即小阳春，每年农历十月为小阳春。③ 青鸟：传信的神鸟。④ 白龙鳞：指房上的瓦片凝着白霜，好似白色的鳞片一样。

瓦寒凝霜如飞动的片片白龙鳞。
深更半夜只怕有圣驾到，
自己起来点上灯笼照雪尘。

采石怀李白

采石，即采石山，在太平府（今安徽马鞍山）城北牛渚的北面。从前当地人在此取石，故称采石山。临江有矶，名采石矶。唐代诗人李白与崔宗之，乘月夜身穿宫袍，坐舟中，从采石到金陵（今江苏南京），即此地。李白被贬之后，曾依族人当涂令李阳冰。死后，先葬仙龙山，后改葬到他生前喜欢的青山。诗人抒发了对李白的怀念与仰慕之情。

梦断金鸡万里天①，醉挥秃笔扫蛮笺②。
锦袍日赐一斗酒，采石江空月满船。
金马重门天似海③，青山荒冢夜如年④。
只因风骨峨眉雪⑤，不作天仙作水仙⑥。

【翻译】

日思夜梦天下大赦那一天，

---

① 金鸡：喻大赦。据《新唐书·百官志》载：赦日，树金鸡于仗南，竿长七丈，鸡高四尺，黄金饰首，衔绛幡，长七尺，承以采舟，杂以绛绳。李白在《流夜郎赠辛判官》中有："我愁远谪夜郎去，何日金鸡放赦回？"反映出李白梦里也在盼望大赦的一天。 ②"醉挥秃笔"句：相传李白到长安寓居贺知章家时，正遇番使向朝廷递交国书，朝中文武官员没有一人能识其字，不知其内容。唐玄宗大怒，喝骂群臣，限令三日之内无人认识此书，所有官员一概停俸。贺知章得知李白能译番书，并向玄宗报告，玄宗赐李白进士及第，着紫袍金带、纱帽象简见驾。李白译出番书，代草诏书，吓退番使。 ③ 金马重门：即金马门。汉代，要有特殊才能的人，才有资格在金马门听诏。诗意为李白虽有奇才却没有受重用，跟登天和下海那么难。 ④ 青山荒冢：指李白墓在青山。 ⑤ 峨眉雪：指四川峨眉山上的雪。喻李白品格高洁。 ⑥ 天仙：天上神仙。李白《对酒忆贺监诗序》："太子宾客贺公于长安紫极宫一见余，呼余为谪仙人，因解金龟换酒为乐。"水仙：相传李白酒醉之后，下水捞月，被淹死在采石矶。天仙和水仙，均指李白。

醉意正浓挥舞秃笔草拟退蛮笺。
锦袍加身每日还赠酒一斗，
采石江空明月照满船。
要入金马门好似升天下海，
只有青山荒冢夜夜长相伴。
只因风骨高洁像峨眉山的白雪，
不作天上神仙却作水中仙。

次韵登凌歊台

凌歊(xiāo 消)台,在今安徽黄山,是南朝宋刘裕建造的离宫。周围有五里多,高四十丈。唐诗人许浑有咏凌歊台诗:"宋祖凌歊乐未回,三千歌舞宿层台。湘潭云尽晓山出,巴峡雪消春水来。行殿有基荒荠合,寝园无主野棠开。百年便作万年计,岩畔古碑生绿苔。"诗人于至顺三年(1332)五月,到黄山游览凌歊台,依许浑诗韵作此诗。

山势如龙去复回,闲云野望护崇台。

离宫夜有月高下,辇路无人日往来[1]。

① 辇路:指帝王经过的车道。

春色不随亡国尽，野花只作旧时开。
断碑衰草荒烟里，风雨年年上绿苔。

【翻译】

山形如同盘龙绕去又绕回，
闲云野景簇拥高耸的凌歊台。
夜来明月照着离宫高高下下，
帝王走过的车道白天也无人往来。
春天的景色不会随同亡国消逝，
山花依然像当年一样绽开。
断碑埋没在茫茫的荒草里，
年年风吹雨淋又长新绿苔。

宿青阳云松台二首

青阳，在今安徽。云松台，在青阳南的九华山上。李白在《改九子山为九华山联句序》中有“坐眺云松”和在《望九华赠青阳韦仲堪》诗中有“君为东道主，于此卧云松”，因而取名为云松台。至顺三年(1332)五月，诗人登上九华山，住宿云松台，写了此诗。诗人驰骋丰富的想象，运用夸张的手法，全诗富有浪漫色彩。

其 一

九老排云独擅尊①，众山拱戴似儿孙。
石房仙去神光现②，洞府龙归雨气昏③。
上古几年埋地轴④，至今九柱插天根⑤。
何时身在层峰顶，手把丹书扣帝阍⑥。

【翻译】

九华耸入云端地位独尊，
群山簇拥好似儿孙。
石房仙人飞升祥云缭绕，
洞府神龙归来雨气昏沉。
上古什么年代埋的地心轴，
至今九华山像插入云天的柱九根。

---

① 九老：即九华山。它与四川峨眉山、山西武台山和浙江普陀山合称中国佛教四大名山。 ② 石房：岩洞，道人修炼的地方。 ③ 洞府：又叫洞天，与石房的含意相同。 ④ 地轴：人们想象中地球旋转的中心轴。 ⑤ 九柱：古人误认为天圆地方，天由九根柱子支持。诗里指九华山的九峰。 ⑥ 丹书：皇帝的诏书。帝阍：皇宫的门。诗里有天门、宫门的双关意。

何时站在层峰绝顶，
手捧诏书去扣响官门。

其　二

县门遥接九华山，日日天开图画看。
云气晓连铜篆湿①，翠光晴锁砚池寒②。
人间官府红尘马，天上神仙白玉盘③。
高卧云松定何日。仰攀北斗夜阑干④。

【翻译】

县门遥遥连接九华山，
日日天气晴朗就有图画看。
云雾不断天亮印章潮湿，
阳光被云遮住砚池生寒。
人间官府马蹄扬起红尘，
天上神仙静观月儿圆。
高卧云松定在何日，
仰攀北斗夜空中星海灿烂。

---

① 铜篆：铜制的印章。印章多用篆刻，故称篆。② 砚池：指凹形砚。也指砚端蓄水处为砚池。③ 白玉盘：形容月亮像白色的玉盘。④ 北斗：星座名。阑干：纵横。

九华山石潭驿

诗题，有的本子作《九华山石墨驿》。石墨驿，又名石潭渡，在今安徽省境内。诗人想象丰富，比喻形象，最后流露归隐之情。

马上行人看九华，飘飘高旆倚天涯①。
排空峭石生元笋②，落日奇峰挂赤霞。
仙掌九秋倾露屑③，天河半夜碍星槎④。
云中五老应招手⑤，呼我来游太乙家⑥。

---

① 旆：旗帜。 ② 元笋：大竹笋。指形同竹笋的奇峰秀石。 ③ 仙掌：仙人掌，指九华山峰。九秋：秋天。 ④ 星槎：传说来往于天河中的木筏。 ⑤ 五老：神话传说中的五星之精。 ⑥ 太乙：星名，在天龙星座内。

【翻译】

马上行人遥望九华，
高高飘扬的旗帜满天涯。
耸入云端的峭石像天生竹笋，
落日映照奇峰仿佛挂上红霞。
秋天的仙人掌滴露珠，
九华山高，半夜碍着天河木筏。
云中的五老应该向我招手，
叫我同去遨游太空的家。

望金陵

金陵(今江苏南京),楚名金陵,秦名秣陵,吴名建业,晋名建康,元名集庆。至顺三年(1332)五月,诗人由安徽贵池返回金陵,时逢雨过天晴,放眼六朝古都,文物凋零,感慨万千。诗人主张及时行乐,表面看似洒脱,内心却十分苦闷。

行人雨霁入金陵,萧寺疏钟又远听①。
五月潮声方汹涌,六朝文物已凋零。

① 萧寺:佛寺。南朝佛教兴盛,梁武帝时仅建康一地就建造了佛寺七百多所。据传,梁武帝萧衍命书法家萧子云在寺门上大书一“萧”字。故后来也称佛寺为萧寺。

春风玉烛留歌韵①,落日青山立画屏。

千古兴亡堪一笑,买花载酒赏心亭②。

【翻译】

行路之人雨过天晴进入金陵,

远处听见佛寺传来断断续续的钟声。

五月的潮声正澎湃汹涌,

六朝的文化遗物已满目凋零。

天下升平留下的只有歌韵,

落日映照青山像立着的画屏。

千古兴亡令人笑,

买花载酒去往赏心亭。

---

① 春风玉烛:形容太平景象。据《尔雅·释天》:"四气和谓之玉烛。" ② 赏心亭:古时建在路边休息的亭子。诗里指江宁下水门城上的赏心亭。

登凤凰台二首

凤凰台在今南京江宁保宁寺后，南朝宋元嘉十六年(439)，秣陵王见三只羽毛呈五彩的异鸟，许多鸟群集在它们周围，当时称作凤。于是在此设置凤凰里，在山上筑台，取名凤凰台。李孝光在《五峰集》里有《同萨天锡饮凤凰台诗》：“凤凰高飞横四海，锦袍犹赋凤凰游。天随没鹘低淮树，江学巴蛇入楚流。勋业何如饮名酒，衣冠未省识神州。天涯芳草萋萋绿，王粲归来更依楼。”此诗是同李孝光唱和之作。两首诗的结尾都表露出一种消极的人生态度。

其　一

凤凰台上望长安①，五色宫袍照水寒。
彩笔千年留翰墨②，银河半夜挂阑干③。
三山飞鸟江天暮④，六代离宫草树残⑤。
始信人生如一梦，壮怀莫使酒杯干。

【翻译】

凤凰台上遥望古都长安，
五颜六色的官袍映照寒川。
挥动彩笔文章书画留千古，
银河半夜星斗错落挂满天。
三山飞鸟归巢江天昏暗，
六代离宫旧址草木凋残。
我才相信人生如同一场梦，
满怀豪情不让酒杯干。

---

① 长安：汉、唐的首都。今陕西西安西北。诗里指古都南京。② 翰墨：喻文章书画。③ 银河：天河。④ 三山：山名，又名护国山，在今南京江宁长江东岸。⑤ 六代：即六朝。

其　二

梧桐叶落秋风老①，人去台空凤不来。
梁武台城芳草合②，吴王宫殿野花开③。
石头城下春生水④，燕子堂前雨长苔⑤。
莫问人间兴废事，百年相遇且衔杯。

【翻译】

梧桐叶落秋风萧瑟，
人去台空凤凰不再来。
梁武帝台城长满荒草，
吴王宫殿的遗址野花盛开。
石头城下春来涨水，
燕子堂前雨露湿润长青苔。
不要去问人间兴盛衰亡事，
难得相遇暂且干杯。

---

① 梧桐：落叶乔木。《庄子·秋水》："夫鹓雏发于南海而飞于北海，非梧桐不止，非练实不食，非醴泉不饮。" ② 梁武：即梁武帝萧衍。 ③ 吴王宫殿：三国时吴国宫殿。 ④ 石头城：今江苏南京。 ⑤ 燕子堂：指燕子矶，在今南京观音山。

过李陵墓

诗题一作《过李陵台》。李陵,汉武帝时任骑都尉。天汉二年(前99),率五千步卒进击匈奴,被俘投降。李陵台在今内蒙古自治区正南旗南面。至顺四年(1333)春,诗人由大都往上都,路过李陵台时,写了这首怀古诗。赞扬苏武坚持汉节,批评李陵投降匈奴,褒贬分明。

降入天骄愧将才①,山头空筑望乡台②。

① 天骄:天之骄子,指匈奴。② 望乡台:遥望故乡的土台,诗里指李陵台。

苏郎有节毛皆落①，汉主无恩使不来②。
青草战场雕影没③，黄沙鼓角雁声哀④。
那堪携手河梁别⑤，泪洒西风骨已灰。

【翻译】

投降匈奴你愧为将才，
山头空筑这座望乡台。
苏武坚持汉节，节毛皆脱落，
汉主没有恩义使臣回不来。
战场长满青草雕鹰隐没，
黄沙滚滚鼓角喧天雁声悲哀。
哪能忍受河梁携手分别，
泪水洒向西风尸骨已成灰。

---

① 苏郎：苏武(前140—前60)，西汉杜陵人，字子卿。武帝天汉元年以中郎将的身份出使匈奴，被扣留。匈奴单于胁迫他投降，苏武不屈，让他到北海放牧公羊，等羊产子再释放。苏武吃雪食草籽，持汉节牧羊十九年，节毛尽落。汉昭帝即位后，与匈奴和亲，苏武归国。 ② 汉主：指汉武帝。 ③ 雕：鸟名，一种猛禽。 ④ 鼓角：战鼓和号角。雁：鸟名，鸿雁一类的鸟。 ⑤ 河梁别：《文选》有李陵与苏武诗“携手上河梁，游子暮何之”句，有人认为，写苏武、李陵在河梁分别。

上赵凉国公

赵凉国公，即赵世延，凉国公是他的封号。赵世延字子敬，雍古族人，居云中（今山西大同）北边。自被元世祖召入枢密院开始，历事九朝，居官五十余年，位列三公。在文宗即位的过程中，他参与出谋划策。文宗即位后，认为他功劳多，天历二年（1329），拜中书平章政事。特下诏说他年高多病，可乘车入宫。至顺元年（1330）四月，仍加翰林学士承旨，封鲁国公。秋天，为全身避害，以养病为由，到茅山隐居。诏他还朝，未进京。至顺二年（1331），改封凉国公。此诗是萨都剌游茅山时送给赵世延的。赞扬赵世延在风云变幻的政治斗争中，能保全自己，功成引退。同时流露对现实的不满。用典自然，诗意含蓄。

笑辞天上九鼎贵①，来种江东二顷田②。
屈指已无元老在③，全身惟有上公贤④。

① 九鼎：传说夏禹王铸九鼎来象征九州。后代用九鼎喻分量重。诗中指赵世延位居三公，受到文宗的特殊恩宠。② 江东：泛指长江下游的安徽、江苏一带。诗中指江苏茅山。③ 元老：天子的老臣。④ 全身：指赵世延在元世祖、元成宗、元武宗、元仁宗、元英宗、元泰定帝、元文宗、元宁宗等朝为官，能保全自己。

新亭不必悲王导①,彭泽何曾改晋年②。

如此声名满天下,人间野史也堪传③。

【翻译】

笑辞天上贵重的高位,

来到江东耕种二顷薄田。

屈指数来老臣已经不存在,

---

①“新亭”句:新亭,旧址在今江苏南京。王导东晋重臣。据《通鉴·晋怀帝纪》载:永嘉五年,周顗(yǐ 以)投奔琅邪王睿,睿以顗为军咨祭酒。前骑都尉谯国桓彝亦避乱过江,见睿微弱,对周顗说,我因为中州多变故,来此求全,而单弱如此,还有什么办法!不久见到王导,共论天下大事,认为是见到了管仲那样的人,再没有担忧的了。诸名士相邀到新亭宴游,周顗感叹说,风景不殊,举目有江河之异!因而相视流涕。王导却变色说:应当共同努力克复神州,何至于像楚囚那样哭泣呢!众人收泪表示歉意。诗意赞同赵世延退隐不回朝辅政。 ② 彭泽:指陶渊明,他曾做过彭泽令。改晋年:改写晋朝的年号。据沈约《宋书》载:陶渊明认为曾祖是晋代宰相,不能再屈身后代。晋被刘宋灭后,不再做官,写文章,都题年月,在义熙之前,写晋氏年号,自永初以后,只书甲子而已。诗意暗指文宗是武宗子,因仁宗背兄弟相继之约而立英宗,因而使武宗二子流落南北,而今文宗即位,恢复原来的约定,也像陶渊明恋晋不改义熙年号一样。 ③ 野史:与官修的正史相对而言,指私人写的史书。诗意为千秋信史会有记载的。

全身避害只有上公贤。
新亭宴游不必凭吊王导，
陶渊明归隐何曾改晋朝纪年。
像这样声名充满天下，
人间野史也值得流传。

半山寺值雨

诗题，有的本子作《题半山寺》。半山寺，在上元县北，原为王安石故园中的半山亭。王安石，字介甫，号半山。元丰七年(1084)，宋神宗得知王安石病重，特派国医前去诊治。王安石病好后，上表请求把他的房舍改为寺庙，并乞赐匾额。神宗亲赐匾额为“报恩禅寺”。因王安石居住的房舍在白下门外，离城七里，离蒋山也是七里，恰为半道，故以半山为名。元统二年(1334)春，诗人游半山寺遇雨。诗中描写了雨中景致，抒发了对王安石的缅怀之情。

今日云林趣倍浓[1]，清游恨未得从容[2]。
龙归石洞半山雨，潮卷天风十里松。
春路泥深多滑马，晚楼烟暗只闻钟[3]。
荆公旧隐知何处[4]，回首丹崖第几重[5]？

【翻译】

今日云林漫游兴趣很浓，
游览清幽胜景遗憾不够从容。
龙回石洞半山寺降雨，
风卷十里松涛仿佛潮声隆隆。
春天泥深路上多滑马，
晚来楼上烟雾弥漫只听见打钟。
荆公当年隐居不知在何处，
回头仰望丹崖究竟在第几重？

① “今日”句：有的本子作：“今日偶成林壑趣。” ② 游：有的本子作“幽”。 ③ 烟暗：有的本子作“雾重”。 ④ 荆公：王安石被封为荆国公，世称王荆公。 ⑤ 丹崖：有的本子作“苍茫”。

游长干寺

长干寺，在建康(今江苏南京)城南门外，南朝梁武帝所建。宋代改名为天禧寺。建康南五里有山岗，其间平地民众杂居，有大长干、小长干、东长干。长干寺就建在大长干。诗人游览长干寺，所见的是断碑残瓦，满目萧条，引起了怀古的无限感慨。

秦淮河上长干寺①，松柏萧萧云日鲜。

故堠尚存铜雀瓦②，断碑犹载晋朝年③。

---

① 秦淮河：长江支流。经建康城中，北入长江。 ② 堠(hòu侯)：古代观察敌情的土堡。铜雀瓦：晋朝建朱雀门，上有两铜雀。诗里泛指残砖碎瓦。 ③ 晋朝年：晋朝的纪年。

石坛幡影风吹动[1]，辇路砖花雨滴穿[2]。
惟有长廊旧时月[3]，几回缺后几回圆。

【翻译】

秦淮河上耸立的长干寺，
松柏萧萧天气晴朗日色鲜。
古堡中还留存着朱雀门上瓦，
断碑上仍有晋朝的纪年。
石坛上旗帜随风吹动，
帝王车道上的砖花雨水已滴穿。
只有旧时长廊上的明月，
几回缺了之后又几回圆。

---

① 石坛：即石台。 ② 砖花：铺路砖上雕有花草。 ③ 长廊：寺里走廊。

游茅山二首

诗题，有的本子作《次韵寄茅山张伯雨》。茅山，原名句容，在今江苏句容东南。相传东汉时，茅盈、茅固、茅衷兄弟三人在此传道，因而改名。张伯雨，名天雨，内名嗣真，别号贞居，吴县（今属苏州）人。二十岁出家学道，遍游天台、括苍等名山。后居茅山来鹤亭和鹤台。诗人同张伯雨互有赠答，诗中赞美云游生活的乐趣，希望辞官之后，也去遨游名山胜景。

其　一

句曲道人门不出[1]，几时杖屦接殷勤[2]。
春晴洗药分泉去，午睡烹茶隔竹闻。
山脚客行惊犬吠，树皮苔老结龙纹[3]。
三层台上月如水，半夜吹箫入紫云。

【翻译】

句曲道人不出山门，
何时扶杖漫步接待殷勤。
春日晴明到分泉去洗药，
午睡烹茶清香隔竹闻。
山脚客人行走惊动犬狂吠，
树皮上的苔藓干枯凝结成龙纹。
三层台上的月光明净如水，
半夜吹箫回响在九霄云。

---

① 句曲道人：指张伯雨。 ② 杖屦：扶杖漫步。 ③ 结龙纹：苔藓干枯后，凝结成龙纹图样。

其　二

天际三峰翠欲流①，更于何处觅瀛洲②。
也知方外神仙乐③，不识人间儿女愁④。
白犬吠云惊夜梦⑤，朱帘卷雨入明楼。
挂冠何日寻高隐⑥，竹杖棕鞋绝顶游。

【翻译】

三茅峰与天连接翠色欲流，
还要到何处去寻觅瀛洲？
我也知道世俗之外神仙快乐，
不知人间的儿女情愁。
白犬吠云惊醒了夜中梦，

① 三峰：即三茅峰。按三座山峰的高低依次取名为大茅、中茅和小茅。 ② 瀛州：传说中的海上仙境。 ③ 方外：即世俗之外。 ④ 儿女愁：男女之间的感情纠葛。 ⑤ 白犬：道家说，白犬为寻仙求仙药时所携之畜。据《抱朴子·内篇·仙药》载：欲求芝草，入名山，必以三月九日，带灵宝符，牵白犬，抱白鸡，以白盐一斗，及开山药符檄，著大石上，执吴唐草一把以入，山神喜，必得芝也。后来，“白犬”用作咏道士的典故。 ⑥ 挂冠：辞官之意。

风卷朱帘雨点飞进明月楼。
何日辞官寻访超凡脱俗的隐者，
竹杖棕鞋高峰绝顶任遨游。

吞海亭望焦山

诗题，有的本子作《登金山雄跨亭》。吞海亭，在金山寺内，又名雄跨亭，取宋高宗“雄跨江南二百州”的诗句。金山，元时在镇江西七里的大江中，初名浮玉山，又名伏牛山。焦山，则在镇江东北的大江中，与金山相对峙。因东汉末年焦光曾隐居于此而得名。诗人表达了对吞海亭高秋晚景的留恋和对岁月流逝的无限伤感。

朱栏六曲倚高秋，元气茫茫日夜浮①。

① 元气：古人指开天辟地前阴阳二气混沌未分的实体。诗里指焦山前面大江中的茫茫雾气。

客去客来天地老，潮生潮落古今愁。
疏钟水国前朝寺，落日海门何处舟①？
更拟黄昏尽余兴，却从灯火望扬州②。

【翻译】

红色六曲的栏干倚傍高秋，
雾气茫茫日夜在大江上飘浮。
客去客来天地也会衰老，
潮涨潮落引起古今忧愁。
钟声时断时续来自江中前朝寺，
落日映照海门是开往何处的小舟。
打算等到黄昏能尽兴，
却从隐隐约约的灯光中远望扬州。

---

① 海门：地名，指今位于长江口的江苏海门。② 扬州：在金山寺北面，旧治在今江苏扬州。

题扬州驿

元统二年(1334)秋,诗人被调往燕南廉访司任照磨,由金陵(今江苏南京)北赴大都。当他路过扬州驿站时,彻夜不眠,流露诗人要大展鸿图的急切心情。扬州,元时为扬州路。

银烛高烧照不眠①,呼儿饮马啜清泉②。
寒砧万户月如水③,塞雁一声霜满天④。

---

① 银烛:银制的烛台。 ② 儿:这里指跟随的童仆。 ③ 砧:捣衣石。 ④ 塞雁:泛指长城以北的地方。

《金缕》款歌来枕上①，银瓶索酒到亭前②。

明朝走马燕山道③，赢得红楼说少年。

【翻译】

银烛高照彻夜不能入眠，

呼唤童仆喂马饮清泉。

寒夜万户捶洗衣物月如水，

北雁长鸣秋霜已满天。

枕上顺口唱着《金缕曲》，

用银瓶索取酒水到长亭前。

明日一早扬鞭催马燕山道，

赢得红楼女子夸奖似少年。

---

①《金缕》：即《金缕曲》，词牌名。 ② 亭：长亭，秦、汉时，在路边十里修一亭，作为行人休息和饯别的地方。 ③ 燕山道：即北往燕山的路途之中。

赠同年莫州县尹米思泰

诗题，有的本子作《赠同年米县尹》或《赠同年米知县思泰时任莫州》。莫州，原为郑州，唐置。米思泰与诗人是同年进士。诗中描写莫州的升平景象，借以表扬米思泰的治绩，希望任用贤良。

倦客重来忆去年①，荒城斜日暗饮烟。
民居星散无官讼②，里巷秋深尽水田。
禾稼半年城郭里③，槐花乱落县门前。
路旁父老头如雪，能说文章令尹贤④。

---

① 倦客：倦于宦游的客人。诗人自指。 ② 讼：诉讼，打官司。 ③ 禾稼：庄稼。 ④ 令尹：县官的别名。元代称县尹。

【翻译】

倦于宦游的客人重来回忆去年，
荒城斜日映照，升起缕缕炊烟。
居民星罗棋布，官府没有诉讼，
里巷秋深尽是水田。
庄稼一半生长在城郭里，
槐树花纷乱地落在县门前。
路旁的父老们头白如雪，
都说会做文章的令尹贤。

谢许参政惠茶

诗题，有的本子作《元统乙亥岁余除闽宪知事未行立春十日参政许可用惠茶赋谢》。元统乙亥(1335)十一月已改为至元元年，立春在十二月，诗中仍称元统乙亥，因诗人未得到改元的消息。“赋谢”，同“赋此以谢”和“寄诗以谢”。据《元史·百官志》载：福建闽海道，福州路置司，隶江南行台。道置知事一员，正八品。作者由燕南廉访司照磨升闽海知事，由正九品升正八品。许可用名任，河南汤阴人。元统二年(1334)拜中书参知政事，诗人借谢许可用惠茶，抒发了急于去福州赴任的激动心情。

春到人间才十日，东风先到玉川家①。
紫微书寄斜封印②，黄阁香分上赐茶③。
秋露有声浮薤叶④，夜窗无梦到梅花⑤。
清风两腋归何处，直上三山看海霞⑥。

【翻译】

春到人间才有十日，
东风先过书生的家。
皇宫寄来斜封的印信，
参政分给我皇上赐的茶。
秋露滴滴有声浮在薤叶上，

---

① 玉川：井名。在河南济源泷水北。唐诗人卢仝好饮茶，作茶歌。常汲井泉煮茶，自号玉川子。诗人借卢仝自喻。② 紫微：紫微垣，星座名。古代以紫微象征皇宫。斜封印：即斜封官。唐中宗时，安乐、长宁公主及皇后妹郕国夫人、上官婕妤等人，倚仗权势，收受贿赂，向皇帝求官，皇帝直接下诏，不经外廷传达，在侧门宣布，把诏令斜封起来交中书省受官，称斜封官。诗里表示自谦，意为才识浅薄，不能胜任要职。③ 黄阁：指三公官署。因门涂黄色，故称黄阁。诗里指许参政。上：皇上。④ 薤（xiè 泄）：植物名。⑤ 梅花：指闽地。据《岁时纂要》载：闽人以立夏后逢庚为入梅，芒种后逢壬为出梅。⑥ 三山：福州城的三座山。即于山、乌石山和越山。

夜里窗前没有梦到梅花。

两袖清风归何处？

直上三山观看海霞。

平望驿道

平望驿，在今江苏吴江南五十里许，靠近太湖。诗人描绘了一幅水乡泽国的风土人情，抒发他要来这里步鉴湖道士的后尘。

左带吴松右五湖①，人家笑语隔菰蒲②。
风涛不动鱼龙国，烟雨翻作水墨图。

---

① 吴松：水名，即吴松江。五湖：指太湖。 ② 菰蒲：菰，生在浅水边的多年生草本植物，嫩茎叫茭白，果实名菰米。蒲，香蒲。生长在浅水或池沼中的多年生草本植物，叶可编制席、蒲包和扇子。

越客卧吹船上笛①，吴姬多倚水边垆②。
鉴湖道士如招隐③，一曲他年得赐无④。

【翻译】

左带吴松江，右边是五湖，
人家的谈笑隔着菰蒲。
狂风巨浪不会惊动鱼龙国，
烟雨濛濛反成了水墨图。
越地客人躺在船上吹竹笛，
吴地女郎大都靠着水边卖酒垆。
鉴湖道士若来招我归隐，
当年一曲鉴湖赐我不？

---

① 越：古代越国，在今浙江一带地方。② 吴：古代吴国，在今江苏一带地方。垆（lú 卢）：旧时酒店里安放酒瓮的土台子。诗里指酒店。③ 鉴湖道士：唐诗人贺知章。鉴湖，又名镜湖，在浙江绍兴南面，今已不存。贺知章晚年辞官到此隐居当道士。④“一曲”句：水流弯曲之处。贺知章请求回乡当道士，唐玄宗赐给他鉴湖一角，供他娱乐。

越台怀古

诗题，有的本子作《台山怀古》、《环峰亭》和《越王山》等。越王山在今福建闽侯城北的半蟠城外，东连冶山。因汉代闽越王建都于山前，故名越王山。至元二年(1336)，诗人在福州任闽海廉访知事。他游览越台，凭吊越王无诸，联想到历代英雄身居草莽，抒发自己壮志未酬、抑郁苦闷的心情。全诗风格苍劲沉郁。

越王故国四围山，云气犹屯虎豹关①。
铜兽暗随秋露泣，海鸦多背夕阳还②。
一时人物风尘外，千古英雄草莽间③。
日暮鹧鸪啼更急④，荒台丛竹泪斑斑。

【翻译】

越王古都四周环绕群山，
祥云缭绕龙盘虎踞的雄关。
铜兽暗自随着秋露哭泣，
海鸦背着夕阳返还。
一时人物风尘仆仆奔波在外，
千古英雄埋没在草莽间。
日暮鹧鸪越叫越急，
荒台丛竹的露水像泪滴斑斑。

① “云气”句：指云雾缭绕、虎踞龙盘，有王都气象。② 海鸦：海鸥一类的水鸟。③ 草莽：指荒山野地。④ 鹧鸪：一种鸟，形似母鸡，头像鹑，它的叫声像“行不得也哥哥”的谐音。

雪　米

雪米，闽地俗称米雪。在下雪前或在下雪中，空中降下的白色小冰粒，诗人在福州，见到天降雪米，触景生情。联想到天上要真能降下米来，饥饿的人就会免受其苦。这是一种同情人民疾苦的美好心愿。诗中运用形象的比喻和夸张的手法。

万斛珠玑散大荒①，六丁谁为发天仓②。
云孙捧出南箕簸③，月姊舂来北斗量④。

---

① 珠玑：珠宝。诗中指雪米。大荒：广阔的原野。 ② 六丁：天神。 ③ 云孙：想象中的云神后代。南箕：箕宿在南，故称南箕。 ④ 北斗：斗宿在北，故称北斗。

狼戾也知逢稔岁①,贮储元不济饥肠。

风流灞上寻诗客②,千古无人说秕糠③。

【翻译】

万斛珍珠似的雪米洒落大荒,

六丁是在为谁打开天仓?

云孙们捧出南箕筛簸,

月宫姊妹舂米用北斗来量。

雪米狼藉觉得是碰上丰收年景,

可惜不能储藏起来救饥肠。

曾到灞上作诗的骚人墨客,

千百年来没有人评说秕糠。

---

① 狼戾:狼藉,形容粮多。《孟子·滕文公》:"乐岁粒米狼戾,多取之而不为虐。" ② 灞上:陕西灞桥地方,古代文人墨客常到此吟诗。 ③ 秕糠:秕谷和糠皮,喻饥荒。

黄河夜送西台御史张子寿

诗题，有的本子作《黄河送张御史》或《黄河夜送西台御史张子寿时新除湖南佥宪》。张子寿是当年皇帝亲定的状元，原任湖广佥宪。为官清廉，因弹劾权贵，被贬到陕西诸道行御史台，即西台御史。后又恢复原职。张子寿去湖南赴任时与诗人相遇。诗人送给张子寿这首赠别诗，对张子寿清正廉明的高尚品格表示钦佩，感情真挚。

爱君足迹半天下，白简清霜秋气多①。

帆影东南湖上去②，马蹄西北日边过③。

风波玉露仙人掌④，文彩云机织女梭⑤。

自笑追随远游客，斗槎星夜下黄河⑥。

【翻译】

羡慕你的足迹几乎遍天下，

义正词严品格高洁正气多。

船帆向东南湖广驶去，

西北归来刚从京城经过。

顶风冒露经过华山仙人掌，

锦绣文章好似织女穿金梭。

自笑你也追随我这远游客，

乘船连夜下黄河。

---

① 白简：弹劾官吏的奏章。据《晋书·傅玄传》载：玄为御史中丞，每有弹劾，或值日暮，捧白简，整簪带，竦诵不寐，坐而待旦。清霜：喻品格高洁。秋气：肃杀之气。全句意为张子寿为官清正廉明，对贪官污吏不徇私情。 ② 湖上：指洞庭湖。 ③ 西北：指陕西。日边：京师，即天子居住的地方。④ 仙人掌：西岳华山的峰名，从下向上观望很像手掌，五指俱全。 ⑤ 织女：指织女星。相传织女丢梭，织成云锦天衣。这里喻锦绣文章。 ⑥ 斗：星斗。槎：木筏。

题高唐驿

高唐驿，今山东高唐县。至元六年，太子燕古思流放高丽，途中遇害于此。作者有《过高唐》，较含蓄，言犹未尽，又作此诗，感情则更为坦露和强烈。

三尺高唐帝子坟①，东风吹草绿沄沄。
宫中子母生前别②，天上箫韶梦里闻③。

---

① 帝子：指燕古思，他是文宗子。 ② 子母：燕帖古思和母宏吉剌氏。先迁宏吉剌氏于东安州，不久死去。流放燕木古思于高丽，途中被杀于高唐。 ③ 箫韶：相传为舜的乐名。

日暮白杨飞乱雪，夜深黑气结愁云。

小臣泣血应无补，留与他年太史云①。

【翻译】

高唐有座三尺帝子坟，

东风吹草荡漾绿波纹。

宫中子母生前不能不分别，

天上仙乐只在梦中听。

日色将暮白杨树上飞乱雪，

夜深人静黑气上升结愁云。

小臣泣血也无补于事，

留给将来的太史说纷纭。

① 太史：史官之长。

大 同 驿

大同驿，指江都大同闸。诗人到杭州赴任时，路过大同驿，亲眼见到达官贵人们只顾寻欢作乐，荒废政事。县吏夜里打门催租，老百姓承受徭役的重压。诗人虽想力挽狂澜，却又无力回天，诗人的心情是苦闷的。

题诗洒墨江东驿，笔力犹能挽怒涛。
飞骑将军朝出猎，打门县吏夜催徭。
天高路远心如水，夜永愁多独过桥。

却忆玉堂诸学士①，凤池东畔佩声遥②。

【翻译】

泼墨题诗在江东的馆驿，
笔力还能挽回怒涛。
飞骑将军清早去打猎，
县吏夜来打门催租徭。
天高地远心如冰冷的水，
夜长愁多独自过小桥。
却怀念翰林院中的各学士，
凤池东畔玉佩声音太飘渺。

① 玉堂：翰林院。 ② 凤池：凤凰池的省称。本为禁苑中池沼。魏、晋、南北朝时，将中书省设于禁苑中，遂称中书省为凤凰池。

三衢马太守昂夫索题烂柯山石桥

诗题，有的本子作《三衢守马昂夫索题烂柯山石桥》或《题烂柯岩桥》等。三衢（qú 渠），今浙江衢州。马昂夫，字九皋，回纥人，官至太平路总管，会篆书。烂柯山，又名石桥山，在衢州南二十里。道书称此山为青霞第八洞天，所以又名石室山。传说晋代王质入山砍柴，发现两儿童在石桥下对棋。他放下斧子，在一旁观看。等棋局终，儿童指斧说，柯烂了。王质回到乡里，已到百岁。至正四年(1344)，诗人从杭州到绍兴、金华、处州、衢州等地。此诗应马昂夫之请而作。全诗想象辽阔、寄意高远，浪漫色彩浓。

洞口龙眠紫气多①，登临聊和《采芝歌》②。
烂柯仙子何年去，鞭石神人此处过③。
乌鹊横空秋有影④，银河垂地水无波。
遥知题柱凌云客⑤，天近应闻织女梭⑥。

【翻译】

洞口龙眼祥云瑞气多，
登临胜景姑且和一曲《采芝歌》。
烂柯仙子是何年从这里离去，
鞭石神人又是何日由此经过。
秋天有乌鹊横空影，

---

① 紫气：祥瑞的云气。古时多附会帝王、神仙或宝物出现的先兆。 ②《采芝歌》：即《采芝操》，琴曲名。相传为汉初的商山四皓所作。 ③ 鞭石神人：传说秦始皇要渡海去看日出的地方，先造石桥，有神人赶石下海石走不快，用鞭抽之，石皆流血，全变红色。 ④ 乌鹊横空：相传每年七月七日夜，乌鹊在银河上垂翼架桥，渡牛郎与织女相会。 ⑤ 题柱凌云客：指古代文人题词于柱的故事。如汉司马相如过升仙桥，题曰："不乘高车驷马，不过此桥。"唐岑参升仙桥诗："长桥题柱去，犹是未达时。及乘驷马车，却从桥上归。"凌云客，喻志气高远的人。 ⑥ 织女：织女星。

银河垂地水里没有波。

遥想当年题柱的凌云客，

天近应当听见织女穿梭。

寄 野 堂

至正四年(1344),诗人曾游览青田的野潜堂,并写《野潜堂》送给叶叔至。此诗是一年之后,从杭州寄给叶叔至的。可能是叶叔至寄诗邀作者去青田隐居。诗中表达了自己欲隐不能的苦闷心情。

忆昔相逢春暮天,道旁杨柳尽飞绵。
池鱼出水将三尺,竹笋成林又一年。
高士已裁《招隐赋》,行人未办买山钱。
野堂灯火清秋夜,何日联床听雨眠。

【翻译】

回忆去年相逢是在暮春天，
道旁杨柳都在飘絮绵。
池中鱼儿跳出水面将近三尺，
竹笋成林又过了一年。
高士已经送我《招隐赋》，
远行之人没有备好买山钱。
野堂灯火照耀着清秋夜，
何日联床共听雨声入眠。

高邮城晓望

诗题，一作《盂城晓望》或《高邮城楼晓望》等。高邮，在今江苏，因地形如盆盂，又称盂城。至正六年(1346)秋，诗人到江南诸道行台任侍御史，当他路过高邮，拂晓登城瞭望，触景生情。诗中反映国家烽烟四起，虽有忧国之心，却无能为力的心情。

城上高楼城下湖，城头画角晓呜呜。
望中烟火明还灭，天际星河淡欲无。

隔水人家暗杨柳，带霜凫雁起菰蒲①。

短衣匹马非吾事，拟向烟波觅钓徒②。

【翻译】

城上高楼城下是大湖，
城头拂晓号角声呜呜。
眼中烟火忽明忽灭，
天上星河淡似无。
隔水人家被杨柳掩荫，
带霜的野鸭从菰蒲中飞出。
短衣匹马不是我的事，
打算到烟波深处寻钓徒。

---

① 凫(fū 伏)：水鸟名，俗称野鸭。 ② 钓徒：指隐居垂钓之人。

九日登石头城

至正六年(1346)农历九月九日，诗人偕朋友在石头城登高宴饮，极目四望，在晴朗的秋色中，北雁南飞，落木无边，长江滚滚。想到自己壮志未酬，即兴赋诗，抒发“欲穷天地观”的抱负。全诗苍凉豪放、气度洒脱。

九日吟鞭住石头①，翠微高处倚晴秋②。
西风不定雁初度③，落木无边江自流。

---

① 吟鞭：马鞭。古代常把和诗有关的器物冠以“吟”字。
② 翠微：指青翠掩映的深山密林中。晴秋：秋天晴朗的天空。
③ 初度：指北雁开始南飞。

两眼欲穷天地观，一杯深护古今愁。
乌台宾主黄华宴①，未必龙山是胜游②。

【翻译】

九月九日停鞭驻马在石头城，
晴朗的秋日登上翠绿掩荫的高丘。
西风阵阵北雁开始南飞，
落木无边无际大江滚滚东流。
两眼想看遍天下奇观，
一杯浊酒深深淹没古今忧愁。
乌台宾主今天举行黄花宴，
似胜当年桓温的龙山游。

① 乌台：即御史台。黄华：即黄花，指菊花。 ②“未必”句：指晋代桓温于九月九日曾在湖北江陵西北的龙山宴请将佐，席间宾主甚欢，吟诗作文，传为佳话。

李清庵见过

诗题，一作《清庵携酒访》。李清庵其人，生平不详。虞集在《题心远卷后》："新吴兴校官清庵李君求予书'心远堂'匾，因为辩心远之说以道之。"似指此人。全诗豪放洒脱。

采石仙人携酒来①，病怀今日为君开。
何人更有八十岁，与子须倾三百杯。
《金缕》歌残银烛短②，锦袍醉倒玉山颓③。
明朝酒醒重相见，杖屦江村看腊梅。

---

① 采石仙人：本指唐诗人李白，晚年居采石。诗里喻李清庵。 ②《金缕》：曲调名。 ③ 玉山：喻品德容貌之美。诗里指李清庵醉后，身子倾斜。

【翻译】

采石仙人提着美酒来，
苦闷情怀今日为你开。
何人再能经历八十岁？
一定同你喝尽三百杯。
《金缕曲》唱罢银烛越燃越短，
我已醉倒，你也东倒西颓。
明早酒醒之后再来相见，
扶杖漫步去到江村看腊梅。

浙河莫术者祷雨验甚二首(选其一)

诗题,有的本子作《浙河莫术者》。这是作者早期的纪闻之作。诗人用白描手法,活画出一个佯狂道人的形象。据宋濂(lián 连)《莫月鼎传碑》载:莫起炎,湖州月河溪人。生而秀朗,先习举业,三试不利。乃著道服,更名沾乙,自号月鼎。曾到青城山拜徐无极为师,又到南丰邹铁壁处得秘传。于是能召雷雨,破鬼魅,动与天合,虽嬉笑怒骂都像有神物跟他。宋理宗宝祐六年(1258),浙江大旱。绍兴郡守马廷鸾请月鼎祈雨,月鼎建坛,按剑作法。顷刻间天昏地暗,雷声大震,大雨倾盆。理宗听说后,赐诗一章,称他为神仙。元世祖至元二十六年(1289),

派御史中丞崔彧（yù育）求异人。月鼎被召到开平。月鼎进宫内，当时晴空万里，世祖让月鼎呼雷，他随手取核桃掷地，雷声震撼宫廷，世祖大惊失声。又让他唤雨，大雨立降。世祖非常高兴，给以赏赐。月鼎佯狂避世，不妄与人交，纵酒好饮，无日不醉。凡有病来告急，则给以治疗，没有不马上痊愈的。

灵雨溥沾原野①，神龙倏返天阍②。
瞠启道人双目③，吸干浊醪数尊④。

【翻译】

灵雨滋润着广阔的原野，
神龙匆匆地返回天门。
道人圆瞪他那炯炯双目，
喝干浊酒一尊又一尊。

① 溥（pǔ普）：广大。 ② 倏（shū书）：极快。天阍（hūn昏）：天门。 ③ 瞠（chēng称）：瞪着眼睛。 ④ 醪（láo劳）：原指汁滓混合的酒。诗里泛指酒。

题画二首（选其一）

此诗也是作者早期的题画诗。诗人运用淡抹与点染结合的描写手法，使一幅静止的画面，显得有生气。意境含蓄，耐人寻味。

绿树阴藏野寺，白云影落溪船。
遮却青山一半，只疑僧舍茶烟。

【翻译】

绿树阴里掩藏着野寺，
白云影子落入溪中行船。
遮住了青山的一半，
只疑是僧房中煮茶的炊烟。

赠 钦 师

这是诗人赠给雪岩法钦的诗。法钦是元代高僧。雪岩师讳法钦，五岁出家，十六剃度，十八行脚，十九灵隐挂搭。后又转到净慈。一日，在天目殿上行，开眼见古柏触目省发，从此不疑生，不疑死，不疑佛，不疑祖。后住道林南明仙居、湖州孝光道场、仰山北硐诸刹。为无准之嗣，是高峰之师。诗的前两句写法钦的一生，云游四方，居无定止。后两句则赞美他不仅能参禅悟道，而且能咏叹唱和。

随缘驻瓶锡[①],顶雪已差差[②]。

莫道禅非学[③],心空不废诗。

【翻译】

随缘暂驻放下瓶钵和锡杖,

头上的白发已稀疏不齐。

不要说参禅不是学问,

心无杂念并不荒废吟诗。

① 随缘:佛家用语。外界事物都由自身感触,称为缘;应其缘而行动,称随缘。瓶:瓶钵,僧人食具。瓶盛水,钵盛饭。锡:锡杖。 ② 顶雪:头上的发像雪一样白。 ③ 禅:佛教用语,梵语“禅那”的简称,思维静虑的意思。

客中九日二首

这两首诗作于到江南经商途中。由于生活所迫，不得不远离家乡去经商谋生。但经商并不得计，时逢九九重阳佳节，却无钱饮酒赏花，只得独自吟咏，抒发穷愁寂寞、思念亲人的心情。两首诗都直抒胸怀，明白晓畅。

其　一

寥落天涯岁月赊①，每逢佳节每思家。

无钱沽得邻家酒②，不敢开窗看菊花③。

---

① 赊(shē)：本为延期。诗里指时间漫长。 ② 沽：买。

③ 看菊花：古代有九九重阳赏菊的习俗。

【翻译】

流落天涯时间漫长，
每逢佳节总要想家。
无钱去买邻家的酒，
不敢开窗欣赏菊花。

其　二

佳节相逢作远商，菊花不异故人乡。
无钱沽得邻家酒，一度孤吟一断肠。

【翻译】

重阳佳节正在远游经商，
芬芳的菊花跟故乡一样。
无钱去买邻家酒，
每次孤吟每次都痛断肝肠。

寓栖云四首

栖云，即栖云阁。在江苏通州（今江苏南通）的狼山西侧，宋代咸宁年间建。阁后有望仙桥，传说仙人吕洞宾曾在此卧云腾空而去，州人翘首仰望，因此改名栖云阁。诗人出京到镇江赴任，其二弟天与同行。到通州后，天与暂留，诗人赴镇江。诗人描绘了秋天的景色，流露出漂泊不定、孤寂迟暮之感。比喻贴切，感情深沉。

其　一

一尊未尽有余兴，二子不来无可人。

满地凤仙落红雨①，江南八月似残春。

【翻译】

一杯尚未喝尽还有余兴，

二弟不来身边没有知心人。

凤仙花飘落满地像点点红雨，

江南的八月好似残春。

其　二

盆池万点浮萍草②，秋雨欲来无定踪。

好是诗人漂泊态，丹阳郭里夜闻钟③。

【翻译】

小池中的万点浮萍，

秋雨一来没有固定行踪。

好像是诗人的漂泊状态，

丹阳城里夜来听撞钟。

---

① 红雨：形容凤仙花瓣飘落像雨点一般。 ② 浮萍：浮生在水面的萍草。 ③ 丹阳：地名，今江苏丹阳。

其　三

潇潇风雨客心孤，且尽尊前酒一壶。
夜半酒醒愁又到，一声白雁下平湖。

【翻译】

风雨潇潇游客倍感孤独，
暂且喝干杯前酒一壶。
半夜酒醒愁闷又来到，
白雁长鸣一声飞下平湖。

其　四

白面道人门不出，晚凉倚树听秋风。
最怜八月江南好，老雁叫云霜叶红。

【翻译】

白面的道人不出山门，
晚来纳凉靠着古树听秋风。
最爱江南八月的秋色好，
老雁云中鸣叫霜叶满山红。

过江后书寄成居竹

这是一首寄赠友人的诗，诗中表达了怀念友人之情。成廷珪，字原常，福建兴化(今莆田)人。博学工书，养母甚孝，不出求仕。隐居广陵(今江苏扬州)，种竹数竿，故号居竹。

扬州酒力四十里①，睡到瓜洲始渡江②。
忽被江风吹酒醒，海门飞雁不成行③。

---

① 扬州：扬州府(今江苏扬州)。 ② 瓜洲：指扬州南的瓜洲渡，可通镇江。 ③ 海门：地名，今江苏海门，在瓜洲以东。

【翻译】

扬州饮酒醉了我四十里，
睡到瓜洲才开始渡江。
忽然被江风吹醒酒，
海门飞雁不成行。

扬子江送同志

唐代由扬子津渡江抵京口(今江苏镇江),后来在扬子津建县。因此称此大江为扬子江。诗人在京口任职,站立扬子江畔,看着滚滚波涛,心潮起伏。诗中表达了远大的壮志豪情。

衮衮诸公立要津①,一波才动总精神。
满江风浪晚来急,谁似中流砥柱人②。

① 津:渡口。要津,喻显要职位。 ② 砥柱:山名,又叫三门山。在三门峡东北的黄河中。河水至此分流,包山而过。因山见水中像柱,故名砥柱。诗里喻力挽狂澜的人。

【翻译】

身居高位的诸公占据要津，
风浪才起总是很有精神。
满江的风浪晚来更急，
谁能像那中流砥柱一样的人？

宿延陵昌国寺二首

诗题，有的本子作《宿延陵昌国寺书于上人房二首》。这是两首怀古之作，寓意深远。昌国寺，在今江苏丹阳南三十里许的延陵镇上，西晋太康年间建，有唐开元时的铸钟。

其　一

旧日延陵季子家①，只今门巷满桑麻。
姑苏回首神游处②，无限春风野荠花。

① 延陵季子：吴国公子季札。 ② 姑苏：山名，在今江苏吴县西南。

【翻译】

过去延陵季札住过的家，
如今门巷里长满桑麻。
回头看那姑苏山上心驰神往处，
无限春风盛开野荠花。

其　二

东风吹水碧粼粼，雨过村村野色新。
小艇延陵庙前去，荇花开尽野塘春①。

【翻译】

东风吹水出现绿波纹，
雨过天晴村村野色新。
小艇向延陵庙前驶去，
荇花开遍满塘春。

① 荇：荇菜，水生植物。

端居书事答翟志道知事见寄二首

诗题，有的本子作《端居书事二首》。翟志道曾作浙西道廉访知事，五十九岁时以青阳县令引退。这是诗人回赠翟志道的两首诗，流露出对现实的不满，希望有朝一日结屋归隐，摆脱人世间的烦恼。

其　一

短褐诗人瘦十分，平生不作《送穷文》①。

①《送穷文》：唐韩愈所作。旧时迷信，把农历正月的最后一天作为送穷神的日子。

几时结屋孤山下①，为觅梅花种白云②。

【翻译】

身穿粗布短衣的诗人瘦弱十分，

一生从来不作《送穷文》。

何时结屋在孤山脚下，

为寻梅花陪伴白云。

其　二

瘦马春城曙色分，长年奔走愧《移文》③。

几时黄鹤山房下④，松火茶铛煮白云⑤。

---

① 孤山：在杭州西湖中。 ② 为觅梅花：宋林逋曾隐居孤山北边，植梅养鹤。白云：南朝齐隐士陶宏景诗有“山中何所有，岭上多白云”之语，后以“白云”表示隐居之所。 ③《移文》：即《北山移文》。南朝齐孔稚圭作。移文，用于责让、声讨的一种文体，与檄文相近。据六臣注《文选》吕向题注：“中山在都北。其先，周彦伦隐于此。后应诏出为海盐县令，欲却过此山。孔生乃假山灵之意移之，使不许得至。故云‘北山移文’。”吕说虽与史实不符，但后来仍用作嘲讽先隐后宦人物的典故。诗人自指忙于宦游未能归隐而感到惭愧。 ④ 黄鹤山：在今镇江城西南二里许。 ⑤ 茶铛：煮茶用的器具。

【翻译】

春城跨上瘦马刚天明，
长年东奔西走愧对《北山移文》。
何时结屋黄鹤山脚下，
松火煮着茶铛陪伴白云。

秋　词

诗题，有的本子作《宫词》。诗人同年进士杨维桢说，《秋词》超过唐代张籍等人的同类作品。历来受到推崇。

清夜宫车出建章①，紫衣小队两三行。
石栏干畔银灯过，照见芙蓉叶上霜。

【翻译】

清秋夜来宫车出建章，

---

① 宫车：宫廷内的车辆。建章：汉代的宫殿名。诗里泛指宫廷。

紫衣小队排列两三行。
石栏干畔举着银灯过，
照见荷花叶上霜。

彭城杂咏呈廉公亮佥事七首

诗题,有的本子作《彭城杂咏七首》。彭城旧址,在今江苏徐州东南。相传尧封彭祖于彭城,号大彭氏国。楚、汉相争时,楚霸王项羽以彭城为首都。廉公亮名惠山海牙。至治元年(1321)进士,官至翰林学士承旨。为官清正,曾弹劾权贵、谏阻佛事等。至顺三年(1332)三月,诗人路过徐州时,廉公亮正佥河南廉访司事,所以写诗呈之。七首诗都是怀古之作。

其　一

亚父冢前春草齐①，楚王城上夕阳低②。
黄莺不解兴亡事，飞过海棠枝上啼。

【翻译】

亚父坟前春草茂密，
楚王城上夕阳低垂。
黄莺不解人间兴亡事，
飞到海棠枝上婉啭啼。

其　二

城下黄河去不回，四山依旧翠屏开。
无人会得登临意，独上将军戏马台③。

【翻译】

城下黄河滚滚一去不复回，

---

① 亚父：范增。项羽的谋士，人称亚父。 ② 楚王：项羽，号称楚霸王。 ③ 戏马台：彭城之南，有项羽的掠马台。戏马台，又名掠马台。

四山依旧像绿色屏风摆开。
没有人理解我登临彭城的想法，
独自踏上楚王的戏马台。

其　三

雪白杨花拍马头，行人春尽过徐州。
夜深一片城头月，曾照张良案上筹①。

【翻译】
雪白的杨花拍打马头，
行路人春末过徐州。
夜深看那一片城头月，
曾照张良伏案运筹。

其　四

何处春风燕子楼②，断碑落日古城头。
画眉人远繁华歇③，无数青山生暮愁。

① 张良：刘邦的谋士，封留侯。筹：本指计数的器具。诗中指兵书与作战计划。 ② 燕子楼：在今江苏徐州，相传为唐元贞年间尚书张建封修建，张死后，其爱妾关盼盼独居于此。 ③ 画眉人：汉平阳人张敞，曾为其妻画眉。

【翻译】

何处是那春风燕子楼，

落日映照断碑古城头。

美女远去繁华消失，

暮色笼罩无数青山生哀愁。

其　五

歌扇摇风馔酒香，舞裙今日动鹅黄①。

柳边今夜孤舟发，水远山遥空断肠。

【翻译】

歌扇摇风散发美酒芳香，

今日舞裙摆动似柳黄。

柳边今夜孤舟解缆出发，

水远山遥枉自令人心伤。

其　六

英雄去尽山河在，城郭荒凉草树迷。

过客无心吊千古，落花风雨听莺啼。

---

① 鹅黄：嫩黄的柳色。

【翻译】

英雄们逝去山河依然在，
城郭一片荒凉草树茂密。
过路客人没有心思凭吊千古，
风吹雨打落花片片听莺啼。

其　七

黄河三面绕孤城，独倚危栏眼倍明。
柳絮飞飞三月暮，楼头犹有卖花声。

【翻译】

黄河三面环绕孤城，
独倚高栏分外眼明。
柳絮飘扬三月将尽，
城楼上仍有卖花声。

宿宣化阁渡口阻风四首

诗题，有的本子作《宣化江阻风四绝》或《宿宣化阁阻风三首》等。宣化阁，在今江苏南京六合南六十里的宣化镇上。诗人由北往南，在宣化渡被大风所阻。这四首诗描写了宣化渡的风光。

其　一

江船日午无人渡，渡口人家尽下罾①。

① 罾：鱼网，用竹竿或木条做支架。

却忆吴姬新压酒①，钟山对岸是金陵②。

【翻译】

红日当午船在江边无人渡，
渡口人家全去捕鱼下罾。
还记得吴女正压新酒，
钟山对岸就是金陵。

其　二

艇子渡江何日回，石头城下浪如雷③。
淮南春色知多少④，一树樱花带雨开。

【翻译】

小船渡江何日返回，
石头城下浪声如雷。
要知淮南春色有多少，

---

① 吴姬：吴地妇女。压酒：用米酿酒，先将米煮熟蒸干，放进酵母发酵。过一段时间，再取出压榨酒汁。李白《金陵酒肆留别》："吴姬压酒劝客尝。" ② 钟山：山名，在今江苏南京。金陵：今江苏南京。 ③ 石头城：今江苏南京。 ④ 淮南：泛指淮河以南、长江以北的地方。

一树樱花随雨开。

其　三

客船伐鼓春江暮，水面鱼龙出浪花。
今夜石头城下泊，买鱼沽酒向谁家。

【翻译】

客船击鼓春江日色将暮，
水面上的鱼儿跳出浪花。
今夜在石头城下停泊，
买鱼沽酒走向谁家。

其　四

渡口无人上野航，白头危浪自冲撞。
东风三日不肯住，吹送柳花飞渡江。

【翻译】

野外渡口无人航船，
白色的高浪自相冲撞。
东风三日还不停止，
吹送柳花飞渡大江。

上京杂咏五首

诗题，有的本子作《上京杂韵十首》。今从萨龙光辑本分为《上京杂咏五首》和《上京即事五首》两题。上京，元朝的上都开平，旧址在今内蒙古自治区正兰旗东闪电河北岸。每年夏季皇帝要到上都巡游，百官分署随行。元统元年(1333)春，萨都剌北到上都，亲眼见到宫廷豪华奢侈的生活，因而援笔成诗，从另一角度反映元最高统治者的昏庸与腐朽。

其　一

一派箫韶起半空[①],水晶行殿玉屏风。
诸王舞蹈千官贺[②],高捧葡萄寿两宫[③]。

【翻译】

一派箫韵之音回旋在半空,
水晶宫殿排列玉屏风。
诸王手舞足蹈众官庆贺,
高捧葡萄美酒祝寿两宫。

其　二

沙苑棕毛百尺楼[④],天风摇曳锦绒钩。
内家宴罢无人到[⑤],面面珠帘夜不收[⑥]。

① 箫韶:相传为舜制的乐名。诗里泛指宫乐。 ② 诸王:皇亲国戚。千官:文武百官。 ③ 两宫:皇帝和皇后。 ④ 沙苑:即沙漠草原牧马的地方。棕毛百尺楼:用棕毛代陶瓷砖瓦修的宫殿。 ⑤ 内家:皇家。 ⑥ 珠帘:用珍珠连缀成装饰的帘子。

【翻译】

沙漠草原高耸百尺棕毛楼，
天风摇晃那锦绒帐钩。
皇家宴罢没有人来到，
一面面珍珠帘子夜夜不收。

其　三

凉殿参差翡翠光①，朱衣华帽宴亲王②。

---

① 翡翠：半透明的硬玉，呈绿色、绿蓝色或绿色中呈白色花纹。诗里指殿内陈列五光十色的珠宝。 ②“朱衣”句：据周伯琦《近光集诈马行》序：国家之制，乘舆北行上京，岁以六月吉日，命宿卫大臣及近侍所赐只孙珠翠金宝衣冠腰带，盛饰名马，清晨自城外各持彩仗，列队驰入禁中。于是上盛服御殿临观，乃大张宴为乐。惟亲王、戚里、宿卫大臣前列行酒，余各以所职赐坐，合饮诸坊。奏大乐，陈百戏，如是者凡三日而罢。其佩服日一易。大官用羊二千噭，马二匹，他费称是，名之曰只孙。只孙，华言一色衣也。俗呼曰诈马筵(转引自《雁门集》萨龙光注)。

红帘高卷香风起，十六天魔舞袖长①。

【翻译】

凉殿参差错落闪烁翡翠光，

红衣花帽宴请各位亲王。

红帘高卷香风四处飘起，

十六天魔姿态翩翩舞袖长。

其　四

中官作队道宫车②，小样红靴踏软沙③。

昨日内家清暑宴④，御罗凉帽插珠花⑤。

---

① 十六天魔：据《顺帝本纪》载：帝荒于游宴，以宫女三圣奴、妙乐奴、文殊奴等一十六人按舞，各为十六天魔，首垂发数辫，戴象牙佛冠，身披缨络、大红绡金长短裙、金杂袄、云肩、合袖天衣、绶带鞋韈，各执加巴剌班之器……内一人执铃杵奏乐。以宦者长安迭不花管领。遇宫赞佛，则按舞奏乐。宫官受秘密戒者得入，余不得预。② 中官：宦官、太监。宫车：据《掖庭记》载：元代宫中制，五云车以大树为栏式，乌棱为辕，轮顶悬明珠，张翠羽。盖中箱为帝座，外四箱为妃嫔座。每晦夜游幸苑中，御此以行，不用灯烛。③“小样”句：据《滦京杂咏》注：千官至御天门俱下马步行，独至尊骑马直入，前有教坊舞女引导，且引且舞。④ 清暑宴：皇帝举行的消夏宴会。⑤ 罗：轻、薄的丝织物。珠花：用珠宝穿缀的首饰。

【翻译】

宦官列队在前引导宫车，
教坊舞女边引边舞蹈软沙。
昨夜皇家恩赐消夏晚宴，
御赐轻罗凉帽插珠花。

其　五

院院翻经有咒僧①，垂帘白昼点酥灯②。
上京六月凉如水，酒渴天厨更赐冰③。

【翻译】

每个寺院都有念咒僧徒译佛经，
白天放下帘幕点燃酥油灯。
上京的六月天气清凉如水，
饮酒口渴皇家的厨房还赐冰。

---

① 翻经：翻译佛经。咒僧：念诵咒语的佛教徒。 ② 垂帘：指受戒秘室。在宣文阁。酥灯：酥油灯。诵咒时点燃八支酥油灯。仅延祐四年，内廷佛事耗费酥油二万一千八百七十余斤。 ③ 天厨：即皇帝的厨房。

上京即事五首

至顺四年(1333)六月初八日,元顺帝在上都即位,举行庆典。这是诗人参加庆典之后所作。诗中描写了塞北的草原风光和游牧民族风情。

其　一

大野连山沙作堆,白沙平处见楼台。
行人禁地避芳草[①],尽向曲栏斜路来。

① 禁地:皇宫。避芳草:元世祖思创业艰难,移沙漠莎草于丹墀,要子孙不忘草地,称为誓俭草。

【翻译】

旷野连山沙砾成堆，
白沙平处出现楼台。
行人到了宫中避开芳草，
都向曲曲回廊斜路走来。

其　　二

祭天马酒洒平野①，沙际风来草亦香。
白马如云向西北，紫驼银瓮赐诸王②。

【翻译】

祭天的马乳酒洒向原野，
沙漠里吹风草也散发奶酪香。
白马如云走向西北，
紫驼运载银瓮赐给诸王。

其　　三

牛羊散漫落日下，野草生香乳酪甜③。

---

① 祭天：元世祖北征时，曾在桓州洒马乳祭天，后来洒马乳祭天成为皇家习俗。 ② 银瓮：盛马乳的容器。 ③ 乳酪：用牛、羊、马的乳制成的半凝固奶食品。

卷地朔风沙似雪，家家行帐下毡帘①。

【翻译】

牛羊散漫夕阳西下，

野草生香乳酪味甘甜。

北风卷地飞沙好似满天雪，

家家的帐篷放下了毡帘。

其　　四

紫塞风高弓力强，王孙走马猎沙场。

呼鹰腰箭归来晚，马上倒悬双白狼。

【翻译】

塞外风高弓力猛又强，

王孙们飞马游猎在沙场。

呼唤雕鹰挂着腰箭回来晚，

马背上倒挂着一对白狼。

---

① 行帐：牧民的篷帐，用毡做成，可以随时移动，类似现在的蒙古包。

其　五

五更寒袭紫毛衫，睡起东窗酒尚酣。
门外日高行不得，满城湿露似江南。

【翻译】

五更寒气偷偷钻进紫毛衫，
东窗起床酒意仍酣。
门外日高无力出去，
满城湿露好似在江南。

过 献 州

献州，今河北献县。元统三年(1335)，诗人在燕南河北道廉访司任照磨，四月他到沧州、献州等地查访囚徒情况。当他路过献王墓时，满目荒凉，有感而发。

西风老树昏鸦集，落日荒城暗雨崩。
寂寞断碑秋草里，路人遥指献王陵①。

【翻译】

西风吹动老树昏鸦群集，

① 献王：汉景帝的儿子刘德。

落日荒城天色昏暗雨倾盆。
断碑躺在冷冷清清的秋草里，
路人远远指点献王陵。

将入闽赵郡崔好德求题舆地图

诗题，有的本子作《将入闽题舆地图》。这是诗人应友人之求而题在地图上的诗。诗中表达了希望天下一统的思想。赵郡，今河北赵县。崔好德，生平不详。

月轮西转日生东，四海车书总会同①。
骑马出门天万里，山川长在别离中。

【翻译】

月轮西下红日又东升，

① “四海”句：天下车轨、文字总会统一。

四海的车轨文字总会相同。

骑马出门走遍天涯万里，

山山水水经常都在别离中。

渡淮即事

这是一首写景诗。至元二年(1336)二月，诗人从大都往福州赴任，当他经淮安府(今江苏淮安)时，被渡口的景色所动，淡淡几笔，描出一幅生机盎然的春景图。

杨花点点冲帆过，燕子双双掠水飞。
淮上渔人闲不得，船头对结绿蓑衣①。

【翻译】

杨花纷纷扬扬冲着船帆过，

① 蓑(suō梭)衣：用草或棕毛编织的雨衣。

燕子双双对对掠过水面飞。
淮河上的渔民们总闲不住，
船头对着编织绿蓑衣。

夜过白马湖

白马湖，在今江苏宝应西面。诗人乘舟夜渡白马湖，见到宁静迷人的白马湖夜景，遂援笔成诗。笔调轻快自如。

春水满湖芦苇青，鲤鱼吹浪水风腥①。
舟行未见初更月②，一点渔灯落远汀③。

---

①"鲤鱼"句：古代称九月风为鲤鱼风。一说春夏之交的风为鲤鱼风。诗里指春夏之交的风。 ②初更：古代把一夜分为五更，每一更相当于两小时左右。 ③汀（tīng 厅）：水边的小洲。

【翻译】

春水满湖芦苇青又青，
鲤鱼风吹起的浪花气味腥。
船行湖中没有看见初更月，
只见远处有渔灯。

过浦城

浦城，即今福建浦城。诗人描写了浦城在梅雨季节中的风光。

人家鸡犬隔痴岚，城郭微茫见塔尖。
一片轻云笼马首，熟梅天气雨纤纤。

【翻译】

人家鸡鸣狗吠隔着云烟，
城郭雾气濛濛现塔尖。
一片轻云笼罩着马头，
黄梅天气细雨绵绵。

临丹青阁

丹青阁，在今福建建瓯的紫芝峰上。宋元丰初年，由太守石禹勤所建。诗人描写在紫芝峰上看到的景色。

飘然身在紫芝峰①，翠壁丹崖有路通。
杰阁凌烟欲飞去，乱山无数夕阳中。

【翻译】

飘飘然身在紫芝顶峰，

---

① 紫芝峰：即紫芝山，因山产紫芝得名。

翠壁丹崖之间有路可通。

丹青阁高耸入云像要飞去，

纵横交错的群山映照夕阳中。

早发钓台

诗人在这首绝句中，描写拂晓前从钓台出发时的所见所闻。

山头钟响不闻鸡，重露翻鸦满树啼。
艇子钓台东畔发，月轮却在钓台西。

【翻译】

山头钟响没有听见报晓雄鸡，
秋露太湿乌鸦满树飞啼。
小船已从钓台东边出发，
月轮将坠已在钓台西。

邵伯舟中

邵伯，即邵伯湖，在今江苏扬州城北四十五里，东接艾陵湖，西接白茅湖，南通新城，北接甓社湖。每逢春夏时湖水涨漫，民田淹没。晋太傅谢安出镇广陵时，修筑湖堤，疏通渠道，蓄水排洪，使农田免遭水患。当地人把谢安的功德比作周时召伯甘棠，因称此湖名“邵伯湖”。诗人在描写邵伯湖的秋景中，寄寓大志不伸的迟暮之感。

惊鱼时出浪花雪，短鬓凉吹水面风。

远客行船秋色里，谁家吹笛月明中。

【翻译】

受惊的鱼儿不时跳出雪浪花，
吹拂着短鬓的是水面凉风。
远游客人行驶在秋色里，
谁家传出笛声回响在明月中。

黄河夜月

后至元四年(1338),诗人在河南江北道廉访司任经历。诗人在《百禽歌中》影射元代达官贵人们的骄奢淫逸。此诗则是揭露官吏的横征暴敛。写黄河夜景自然逼真。

斗杓照水半天垂①,水气涨天如白烟。
南北橹声争上下②,月中闻鼓避官船。

① 斗杓:北斗七星中的第五至第七个星,也叫斗柄。
② 橹:船桨。

【翻译】

垂挂半空的星斗映入水里，
弥漫天空的水气如同白烟。
南来北往的桨声争着上上下下，
月光中听到鼓响赶快避开官船。

黄河舟中月夜

诗人在明月之夜，泛舟黄河。驰骋他那丰富的想象，运用夸张的手法，把无边无际的太空，活画出来，具有浓郁的浪漫主义色彩。

十丈云帆拂斗杓①，星槎风急浪花飘②。
夜深露冷银河近，卧听天孙织绛绡③。

【翻译】

十丈云帆掠过高空的斗杓，

① 云帆：高大的船帆。 ② 星槎(chā 差)：传说中来往于天河中的木筏。 ③ 天孙：即织女。绛绡：大红色的生丝织物。

星空木筏在狂风巨浪中飘摇。

夜深露冷银河离得很近，

躺在船头听那天女织红绡。

奎章阁感兴二首

奎章阁，元殿阁名。据赵汸《东山存稿》载：皇上正向用文学，开奎章阁置学士员，立艺文监以治书籍，设艺林库，任摹印，将大修圣贤经传之说以为成书。知名之士多见进用，自中朝至于方外，金石之锡，承诏撰作无虚日。诗人曾于文宗至顺三年(1332)三月，作《奎章阁观进皇朝经世大典》："文章天子大一统，馆阁史臣日纂修。万丈奎光悬凤阁，九重春色满龙楼。门开玉锁芸香动，帘卷金钩砚影浮。圣览日长万机暇，墨花流作凤池头。"反映出一派欣欣向荣的景象。由于元顺帝荒于游宴，溺于佛事，于后至元六年(1340)废奎章阁学士院，诗人抚今追昔，感慨万千。

其　一

奎章三月文章静，花落春深锁阁门。

玉座不移天步远①，石碑空有御书存②。

【翻译】

三月的奎章阁无人为文，

百花纷谢春天将尽紧锁阁门。

皇帝宝座未动不见天子足迹，

石碑空有先皇的手笔留存。

其　二

花落春深似去年，无人再到阁门前。

当时济济夸多士，争进文章乞赐钱。

---

① 玉座：皇帝的坐位。古人有坐玉床处天位的说法。据陶宗仪《辍耕录》载：奎章阁北屋，南向设御座，左右列珍玩，命群玉内司掌之。 ② 御书存：皇帝亲笔题写。据《辍耕录》载：奎章阁成，文宗命虞集撰记，御书刻石阁中。

【翻译】

花落春天将尽好似去年，
没有人再到这阁门前。
当年人才济济夸耀多文士，
争着进献文章乞赐钱。

吴僧子庭古木竹

吴僧子庭，即吴地僧人名子庭。据《宏秀集》载：释柏子庭，嘉定（今属上海）人。曾在赤城讲台教，性好浪迹云游，乞食村落，对人不作长语，间杂谐谑。喜画石菖蒲，题句甚多。诗人在这首题画诗中，哀叹自己生不逢时。

苍苍枯木性所爱，况有此君相附之①。
江湖眼明世无几②，犹恨不去元祐时③。

---

① 此君：指竹。 ② 江湖：泛指江河湖海，喻四方。 ③ 元祐：宋哲宗年号。封建社会被称为天下大治的“元祐之政”。诗里喻政治清明的太平盛世。

【翻译】

苍劲挺拔的枯木本性所爱，
更何况还有翠竹和它相扶持。
浪迹江湖心明眼亮世上无几，
可惜他没有生在元祐时。

独坐恭和堂

此诗作于庐州(今安徽合肥),诗人在淮西江北道廉访司任经历。恭和堂也许就是经历司办事的厅堂。诗人把官府衙门既阴森恐怖,又百无聊赖的情状勾画出来。

东阁高悬如道院①,人言幕府最清严②。
印封不动坐终日,满树梅花雨一帘。

---

① 东阁:古时称宰相招贤纳士款待宾客的地方,诗中泛指官僚们办理公务的地方。 ② 幕府:指将帅等大官办事的处所。诗中指官衙处理文书案卷的地方。

【翻译】

东阁匾额高悬仿佛是道院，

人们都说幕府最清廉。

印封不动每天从早坐到晚，

看着满树梅花和细雨如门帘。

卜 算 子

泊吴江夜见孤雁

《卜算子》，词牌名。又名《百尺楼》、《眉峰碧》、《楚天遥》、《缺月挂疏桐》、《黄鹤洞中仙》等。双调，四十四字。前后段各四句，两仄韵。吴江，今江苏吴江。元代为吴江州。词的前半阕写秋夜乌鹊南飞、孤雁哀鸣的情景，后半阙写寂寞思乡之情。全词情景交融，感染力强。

明月丽长空，水净秋宵永。悄无声乌鹊南飞，但见孤鸿影。　　自离边塞路，偏耐江波静。西风鸣宿梦魂单，霜落蒹葭冷①。

【翻译】

明月照长空，
水净秋夜长。
悄无踪迹乌鹊往南飞，
只见那哀鸿孤影。

自从离开边塞路，
就忍受着江波寂静。
西风呼鸣整夜梦魂孤单，
霜落蒹葭分外冷。

---

① 蒹葭（jiān jiā 兼加）：蒹，没有长穗的芦苇。葭，初生的芦苇。

满 江 红

金陵怀古

《满江红》，词牌名。有平韵和仄韵两种体裁。仄韵宋人填得最多，体裁也不相同。此词用柳永词体。双调九十三字。前段八句四仄韵，后段十句五仄韵。有的本子将此词误题为《念奴娇》，并在“空怅”后佚一“望”字。“非畴昔”作“无消息”。词的前半阕点出六代的繁华胜景已一去不返。后半阕写满目荒凉而怀古伤今，抒发无限伤感的情怀。这首词用典贴切，意境深远。

六代繁华①，春去也，更无消息。空怅望山川形胜，已非畴昔。王谢堂前新燕子②，乌衣巷口曾相识③。听夜深，寂寞打空城，春潮急。　　思往事，愁如织。怀故国，空陈迹。但荒烟衰草，乱鸦红日。《玉树》歌残秋露冷④，胭脂井坏寒螀泣⑤。到如今，惟有蒋山青⑥，秦淮碧⑦。

【翻译】

六代那繁华景象，

仿佛春光逝去，

再没有一丝儿消息。

---

① 六代：指在金陵（今江苏南京）建都的六个朝代：三国吴、东晋、宋、齐、梁、陈。 ② 王谢：王、谢是东晋最大的两家豪门世族。 ③ 乌衣巷：原是金陵城内的一条街，在秦淮河南，与朱雀桥临近。三国时曾在此设过军营，军士皆穿黑衣，故称“乌衣巷”。唐诗人刘禹锡在《乌衣巷》诗里有：“朱雀桥边野草花，乌衣巷口夕阳斜。旧时王谢堂前燕，飞入寻常百姓家。”萨都剌化用其意。 ④《玉树》：即《玉树后庭花》。曲调名，喻亡国之音。 ⑤ 胭脂井：在今江苏南京，原名景阳井。南朝陈后主建临春、结绮、望仙三阁，装饰极其奢华。后主与妃子张丽华、孔贵嫔三人各居一阁。隋兵南下，攻克台城，三人相对无计，便一起匿入井中，故名胭脂井。螀（jiāng 将）：蝉的一种。 ⑥ 蒋山：钟山，又叫紫金山。 ⑦ 秦淮：即秦淮河。

杠自惆怅瞭望山河名胜，
已经不同于往昔。
王谢堂前飞舞的新燕子，
乌衣巷口似曾相识。
听夜深人静，
寂寞笼罩着空城，
春潮拍岸急。

追思往事，
忧愁如织，
怀念过去的国家，
枉自留下旧的痕迹。
只有荒烟与衰草，
乱飞的乌鸦和红日。
《玉树》余音尚存秋露清冷，
胭脂井坏寒蝉悲泣。
到如今，
只有蒋山依然青，
秦淮河清如碧。

念 奴 娇

登凤凰台怀古

《念奴娇》，词牌名。又名《千秋岁》、《大江东去》、《太平欢》、《古梅曲》、《寿南技》、《酹江月》、《百字令》、《杏花天》、《淮甸春》、《壶中天》等等。此调有平韵和仄韵两体。仄韵以宋苏轼《凭空远眺》为正体，以《大江东去》为变体。萨都刺用的是正体。双调一百字，上下阕各十句，四仄韵。凤凰台，在江宁府西南(今江苏南京)。词的前半阕由眼前的胜景而追怀往古，后半阕则由古及今，最后得出“人生无定”的看法和自己所采取的态度。

六朝形胜①，想倚云楼阁，翠帘如雾。声断玉箫明月底，台上凤凰飞去。天外三山②，洲边一鹭③，李白题诗处④。锦袍安在，淋漓醉墨飞雨。　遥忆王谢功名⑤，人间富贵，散草头朝露。淡淡长空孤鸟没，落日招提铃语⑥。古往今来，人生无定，南北行人路。浩歌一曲，莫辞别，酒频注。

【翻译】

六朝留下的名胜，
想象那高入云霄的楼阁，
翠绿帘幕轻似薄雾。
明月底下玉箫声断，
台上凤凰早已飞去。
天外依然耸立三山，
洲边仍有那只白鹭，
恰是当年李白题诗处。

---

① 六朝：见本书第355页注①。 ② 三山：在江苏南京西南。 ③ 洲边一鹭：指秦淮河中的白鹭洲。 ④ 李白题诗处：指李白《登金陵凤凰台》诗："三山半落青天外，一水中分白鹭洲。" ⑤ 王谢：见本书第355页注②。 ⑥ 招提：寺院的别称。本为梵语拓斗提奢，义为四方。后省为拓提，误为招提。四方之僧称招提僧，四方僧之住处称招提僧房。

锦袍在哪里?

醉后挥毫墨迹淋漓势如飞雨。

回想当年王、谢两家功名,

人间富贵无比,

一消散好似草头朝露。

淡淡长空孤鸿无踪无影,

夕阳西下寺院檐铃仿佛在细说,

古往今来,

人生漂泊无定,

南来北往行人走遍天涯路。

高歌一曲,

不要辞别,

频频举杯倾注。

念奴娇

过淮阴

淮阴，是韩信的故乡。韩信为刘邦打天下立过赫赫战功。刘邦当皇帝后，却以谋反的罪名杀害了他。诗人每次过淮阴，总要到淮阴侯庙里进行凭吊，不是题诗便是填词。对韩信的遭遇表示无限同情。在这首词中，诗人采用重笔浓墨的烘托手法，前半阕写满目苍凉的景色，后半阕是追忆和慨叹。全词情景交融，抒发了“百事不如归去”的消极情绪。

短衣瘦马，望楚天空阔①，碧云林梢。野水孤城斜日里，犹忆那回曾到。古木鸦啼，纸灰风起②，飞入淮阴庙③。椎牛酾酒④，英雄千古谁吊⑤。　何处漂母荒坟⑥，清明落日，肠断王孙草⑦。鸟尽弓藏成底事⑧，百事不如归去好。半夜钟声，五更鸡唱，南北行人老。道旁杨柳，青青春又来了。

【翻译】

穿短衣，跨瘦马，

瞭望无边无际的楚国天空，

碧云仿佛挂在树梢。

野水孤城映照在夕阳里，

还记得那回曾经来到。

---

① 楚天：唐天宝、至德时曾将淮阴一带称为“楚州”，故称楚天。 ② 纸灰：清明节扫墓时焚烧纸钱后的灰烬。 ③ 淮阴庙：淮阴侯庙。 ④ 椎牛：椎（chuí 垂），槌子。椎牛，用槌子击杀牛。酾（shī 施）酒：滤酒。引申为酌酒。 ⑤ 英雄：指韩信。⑥ 漂母：洗棉絮的年长妇女。据《史记·淮阴侯传》载：韩信未起事时，曾乞食遭冷遇。他到水边钓鱼，漂母供他饭吃。韩信表示将来要重重报答时，漂母却生气地说，我是为了可怜你，并不希望报答。 ⑦ 王孙草：植物名。语意双关。喻韩信。 ⑧ 鸟尽弓藏：“高鸟尽，良弓藏”的缩写。详见本书《高堂刘侯定斋野友亭》注。指刘邦杀害韩信。

古木参天乌鸦啼叫，
纸钱灰被风吹起，
飞进了淮阴侯庙。
杀牛奠酒，
千古英雄谁来凭吊。

何处是漂母的荒坟，
清明落日西沉，
满地是令人伤心的王孙草。
高鸟射尽良弓收藏成什么事？
百事也不如归隐好。
半夜里响起钟声，
五更天雄鸡报晓，
走南闯北的行人已衰老。
道旁的杨柳青青，
春天又回来了。

念 奴 娇

游句曲茅山

句曲山，又名茅山，在今江苏句容南。山上有大茅峰和逢壶、玉柱、华阳三洞以及唐碑元碣等。诗人同句曲道人张伯雨关系密切，他寄赠茅山道士和描写茅山胜景的诗有十多首。这首词是春天游茅山时填写的。词的前半阕写茅山的迷人风景，是座远避尘环的神仙洞府。后半阕抒发对茅山的迷恋和对乘鸾飞仙的向往之情。全词语言清丽，意境优美，引人入胜。

一壶幽绿，爱松阴满地，蕊珠宫府①。老鹤一声霜衬

① 蕊珠宫：指神仙洞府。

履，隔断人间尘土。月户云窗，石田瑶草①，丹鼎飞龙虎②。荼蘼花落③，东风吹散红雨。　春透紫髓琼浆④，玻璃杯酒，滑泻蔷薇露⑤。前度刘郎重到也⑥，开尽碧桃无数⑦。花外琵琶，柳边莺燕，玉佩摇金缕。三山何在⑧，乘鸾便欲飞去。

【翻译】

品着一壶幽绿的茶汤，
更喜欢那松阴满地，
真是神仙洞府。
仙鹤一声长鸣霜露沾满鞋底，
隔断人世间的尘土。
明月照门彩云挂窗，
石长仙草，
炼丹炉内青烟如龙似虎。
荼蘼花纷纷落地，

---

① 瑶草：指仙草。② 丹鼎：道家炼丹的器皿。③ 荼蘼：花名，又名木香。因色似酴醾酒得名。④ 紫髓琼浆：指美酒。⑤ 蔷薇露：美酒名。⑥ 前度刘郎：借用唐刘禹锡《再游玄都观》诗“种桃道士归何处？前度刘郎今又来”句意。词中作者自比。⑦ 碧桃：植物名，桃的变种。⑧ 三山：传说中的三座仙山，即蓬莱、方丈、瀛洲。

好似东风吹散点点红雨。

春光透进紫髓琼浆，
玻璃杯中装美酒，
如同甘美滋润的蔷薇露。
前次的刘郎今天又来到，
碧桃花盛开无数。
花外传来琵琶声，
还有柳边的莺歌燕舞，
玉佩摇动了金线缕。
三座神山究竟何在？
驾着鸾凤便想向那里飞去。

念 奴 娇

姑苏台怀古

姑苏台，旧址在今江苏苏州西南的姑苏山上，又名胥台。相传为吴王阖庐开始奠基，夫差最后落成。上面建有春宵宫，作长夜之饮。越国灭吴，把姑苏台化为灰烬。词的前半阕遥想当年姑苏台的繁华，而今物换星移，犹如一场梦幻。后半阕则由眼前的景象，想到夫差忠奸不分，杀害忠良，导致亡国杀身的惨痛教训。词人无限感慨，对伍子胥寄寓深切的同情。

倚空台榭①,爱朱栏飞瞰,百花洲渚②。云岭回廊香径悄③,争似旧时庭户。栏外游丝,水边垂柳,犹学宫腰舞。繁华如梦,登临无限清古。　　果见荒苔落日,麋鹿来游④,漫尔繁榛莽⑤。忠臣抉目挂东门⑥,可退越家兵伍⑦。空铸干将⑧,终为池沼,掩面归何所⑨。千载遗风,尚听侬歌《白苧》⑩。

---

① 台榭:建筑在台上的楼阁。 ② 百花洲渚:指太湖中的小岛。 ③ 回廊:传说吴王阖庐为了游姑苏台,造九曲路,即曲曲折折的走廊。香径:即采香径,溪水名,又名箭径。在今江苏吴县西香山附近。传说吴王夫差曾在香山种过香草。 ④ 麋鹿:兽名,俗称四不像。据《史记·淮南王安传》载:伍被对刘安说:"臣闻子胥谏吴王不用,乃曰臣今见麋鹿游姑苏之台也。"词里意为伍子胥的预言实现了。 ⑤ 榛莽:杂乱丛生的草木。 ⑥"忠臣"句:伍子胥曾建议夫差放弃中原争霸,抓住机会灭掉越国。夫差听信谗言,让伍子胥自杀。伍子胥临死前,料定吴国必亡,让人把他的眼珠剜出来,挂在城东门上,好看着越国军队打进吴国都城来。 ⑦ 越家:越国。 ⑧ 干将:宝剑名。词里指夫差送给伍子胥自杀的"属镂"剑。 ⑨ 掩面:吴国被越打败后,夫差请求勾践像当年他赦免勾践一样赦免自己。勾践不准。他后悔当初不听伍子胥的劝告,觉得无面目到九泉之下去见伍子胥。 ⑩《白苧》:《古乐府·白苧歌》,即吴地的一种民歌。

【翻译】

高入云霄的歌台舞榭，
喜欢扶着红色栏干鸟瞰，
那太湖中的百花洲渚。
云岭的九曲回廊和香径静悄悄，
怎像过去的宫庭门户。
栏干外游动的蛛丝，
水边那依依垂柳，
好像在学宫女们轻轻起舞。
繁华盛况如同幻梦，
登临高台无限凄清朴古。

果然见到荒野的青苔与落日，
麋鹿来回游走，
长满了繁茂的荆棘草莽。
忠臣剜出双目挂在城东门，
岂可退越国的队伍。
白白地铸造锋利无比的宝剑，
吴国宫殿终于变为池沼，
夫差无脸见忠臣不知归何处。
伍子胥的千载遗风，
暂且听我高唱一支《白苧》。

念 奴 娇

登石头城

这首词和《满江红·金陵怀古》，都是怀古伤今之作，写的同是六朝古都，抒发的是同样的思想感情。只是词牌不同，落笔的角度也不一样。全首词的思路开阔，开头气势雄放，结尾悲壮苍凉。巧妙地运用夸张和比喻等修辞手法，形象生动，具有艺术感染力。

石头城上，望天低吴楚①，眼空无物。指点六朝形胜地，惟有青山如壁。蔽日旌旗，连云樯橹②，白骨纷如雪。

---

① 吴楚：指春秋时吴、楚两国，即今江苏、江西、安徽、湖北等省。 ② 樯橹：樯，船挂风帆的桅杆。橹，大桨。

一江南北，消磨多少豪杰？　　寂寞避暑离宫①，东风辇路②，芳草年年发。落日无人松径里③，鬼火高低明灭④。歌舞尊前，繁华镜里，暗换青青发。伤心千古，秦淮一片明月。

【翻译】

登临石头城上，

瞭望天空下的吴楚大地，

满眼空无一物。

指点着六朝留下的文物胜景，

只有那青山依然如壁。

想当年旌旗遮天蔽日，

耸入云霄的桅杆，

白骨纷纷如同积雪。

大江南北，

消磨了多少英雄豪杰。

寂寞荒凉的避暑离宫，

---

① 离宫：皇帝外出临时居住的行宫。 ② 辇路：帝王驾车经过的路。 ③ 松径：墓地上的小路。古代墓地多种植松楸。 ④ 鬼火：墓地晚间出现的磷火。

东风吹拂的帝王车道，
芳草年年春来发。
落日西沉坟间的小路无人走，
鬼火或高或低忽明忽灭。
歌舞楼台酒席前，
在那繁华的明镜里，
头上青丝暗自变白。
伤心千古兴亡，
望着秦淮河上一片明月。

木兰花慢

彭城怀古

《木兰花慢》，词牌名，由《木兰花》增字得名。一百零一字，全用平韵。在这首怀古词中，前半阕主要写项羽的失败和对他的缅怀。后半阕写作者对人生的认识和态度。全词抒发大志不能得伸的沉闷感情。情真意切，悲壮苍凉。

古徐州形胜，消磨尽，几英雄。想铁甲重瞳①，乌骓

① 重瞳：目中的双眸。传说舜目有重瞳。《史记·项羽本纪》中说项羽也有重瞳。

血汗①，玉帐连空。楚歌八千兵散②，料梦魂，应不到江东③。空有黄河如带，乱山回合云龙。　　汉家陵阙起秋风④，禾黍满关中⑤。更戏马台荒⑥，画眉人远⑦，燕子楼空⑧。人生百年寄耳，且开怀，一饮尽千钟。回首荒城斜日，倚栏目送飞鸿。

【翻译】

古代徐州的重要形胜，

消磨尽，

多少英雄。

想当年项羽顶盔贯甲目有重瞳，

跨的是乌骓、血汗马，

军帐相连，布满夜空。

四面楚歌八千兵溃散，

---

① 乌骓：毛色黑白相杂的马。血汗：天马。乌骓血汗均为骏马。传说项羽的战马叫乌骓。 ②“楚歌”句：项羽在垓下被困时，夜间，听营帐四面有楚国的歌声。八千兵散：即八千子弟兵。项羽在江东吴中起事时，曾带领八千精兵西渡攻秦。失败后，八千子弟兵无一生还。 ③ 江东：泛指长江下游。词里指吴县。项羽没有东渡乌江，自刎而死。 ④ 汉家陵阙：指刘邦等汉代帝王坟墓。 ⑤ 关中：函谷关以西的秦地。⑥ 戏马台：在今江苏徐州南。 ⑦ 画眉人：汉代平阳人张敞，曾为其妻画眉。 ⑧ 燕子楼：在今江苏徐州。

料想他那梦中的游魂，
应当不会到江东。
枉自有黄河如带，
乱山环抱呈现云龙。

汉家的陵墓也起了秋风，
禾麦黍稷长满关中。
还有那戏马台荒芜，
画眉人远逝，
燕子楼空空。
人生百年不过寄身天地间，
暂且开怀，
畅饮一千钟。
回头再看看荒城和斜日，
倚着栏杆极目远送飞鸿。

《古代文史名著选译丛书》编纂始末①

马樟根　安平秋

今年1月，《古代文史名著选译丛书》已经出到100种101册（其中《史记》为2册）。4月份，最后的33种也已交稿。这样，全书133种即将呈献在读者面前。② 一项服务当前、造福子孙的普及优秀古代文化、进行爱国教育的大工程将宣告完工了。回想

①《古代文史名著选译丛书》由全国高校古籍整理研究工作委员会主持，古委会直接联系的18个古籍整理研究所为主要承担机构，章培恒、安平秋、马樟根任主编。本文于1992年4月，在《中国典籍与文化》杂志发表时题目是《衣带渐宽终不悔——〈古代文史名著选译丛书〉编纂始末》。这次将此文作为2011年修订版附录时，去掉原正标题，以原副标题为正式题目。 ② 至1994年4月最后定稿时，全书为135部。2011年修订版出版时，全书为134部。

这一套丛书动员18所院校，投入100余人，从1985年筹划，1986年起步，到今天已度过了六七年的岁月，个中甘辛令人难以忘怀。

一、北大·苏州·北大

——酝酿与筹划

编纂这样一套丛书，起因于1981年7月。当时陈云同志派人到北京大学召开了小型座谈会。来人告诉与会人员陈云同志最近在考虑两个问题：一个是粮食，一个是古籍整理。对古籍整理，特别讲到陈云同志说："整理古籍，为了让更多的人看得懂，仅作标点、注释、校勘、训诂还不够，要有今译，争取做到能读报纸的人多数都能看懂。有了今译，年轻人看得懂，觉得有意思，才会有兴趣去阅读。今译要经过选择，要列出一个精选的古籍今译的目录，不要贪多。"这就是后来收入《陈云文选》的那段话。1981年9月，中共中央关于整理我国古籍的文件中一字不差地强调了这段话。1983年，教育部成立了全国高校古籍整理研究工作委员会（简称古委会）。古委会主任周林同志根据中央和陈云同志意见，提出了组织力量今译古籍。但在当时，经过"文革”后的古籍整理工作百废待兴，加之一些学者对今译重要性的认识远非今日之深，这一工作一拖便是两年。

1985年5月，全国高校古委会在苏州召开了一届二次会议。周林同志在会上作了“人才培养和古代文化遗产普及问题”的专题发言，他分析了“解放三十多年来，由于‘左’的路线干扰，特别是‘文化大革命’，几乎使我们的民族文化到了中断的边缘，出现了对古代文化知之不多，或知之甚少的状况”，要教育界的同志“做好普及古代文化知识的工作”，搞好古籍的今注今译就是其中的一项重要任务，“高校古委会要在这方面多下功夫”，“高校古籍研究所无疑应担负起这个任务”。他针对当时一些人轻视古籍的今注今译思想，呼吁“我们对于选本、今译等有利于教育普及的东西，应承认它的学术价值”，“《昭明文选》、《唐诗三百首》、《古文观止》等是地道的选本，流传几百年，发生那么大的影响，能说没有水平?”“专家们深入浅出的在对古文献研究基础上的译注，对普及古代优秀文化作出重大贡献，算不算高水平的成果呢?”“古文既要译得恰当、准确，又要通畅易懂，难度是很大的”，“为了社会主义精神文明建设，古籍整理这方面也要作出应有的贡献”。一石激浪，沉寂了几年的今译古籍的话题又重新活跃起来。会上作了一番认真讨论。

经过这样的酝酿，1985年7月，全国高校古委会科研项目评审组的专家们聚集在北京大学勺园，筹划编纂一套古籍今译的精选本。初步定名为《古籍今译丛书》，议定了收书范围、内容，开列了65种书的选目。并决定由科研项目专家评审组召集人、复旦大学古籍所所长章培恒教授和参加过陈云同志在北大召开座谈会、当时古委会主管科研工作的副秘书长安平秋同志共同负责，与秘书处同志一起具体筹划。经几个月的筹备，决定由古委会直接联系的18个高校古籍研究所承担这一工作，组成编委会，并开列出89种书的选目，对选译的进度、规划亦作了设计。此时，几家出版社闻讯而至，表示愿意出版这套丛书。最早与我们联系的巴蜀书社的段文桂社长以其强烈的事业心和对古籍今译的高度重视感动了我们，于是决定邀请巴蜀书社编辑参加第一次编委会议。

二、从柳浪闻莺到桂子山上

——第一批书稿的产生

第一次编委会于1986年5月在杭州柳莺宾馆

召开。宾馆因位于西湖十景之一的柳浪闻莺而得名。全国高校18个研究所的24名学者和有关人员聚集在这风景胜地，无心观柳，亦无从闻莺，紧张地工作了三天。会上确定了这套普及读物的读者对象是具有中等以上文化程度的广大群众，收书范围是中国历代文史名著，在名著之中选精。所选书目，在原拟89种基础上，调整为116种，以形成系统性。书中选篇之下分提示、原文、今译、注释四部分，以译文为主，书前有一前言，书中加入必要的插图。每一种书约10—15万字。书名确定为《古代文史名著选译丛书》。即由到会的24位学者组成丛书编委会①，由章培恒、马樟根、安平秋三人任主编。于是，编委会立即分成三个工作小组，在会上分头拟出丛书《凡例》、《编写、审稿要求》和《文稿书写格式》，经讨论修改而形成了正式文字以供遵循。在

① 编委会成员按姓氏笔划排列为：

马樟根　平慧善　安平秋　刘烈茂　许嘉璐　李国祥
金开诚　周勋初　宗福邦　段文桂　董治安　倪其心
黄永年　章培恒　曾枣庄(以上为常务编委)
王达津　吕绍纲　刘仁清　刘乾先　李运益　杨金鼎
曹亦冰　常绍温　裴汝诚(以上为编委)

自报的前提下，会上确定了由18个研究所承担前40部书的今译任务，要求当年年底完成。古委会主任、丛书顾问周林同志对编委会的认真精神、紧张工作和显著效率十分赞赏，他说：“有这样一个编委会，有这样一个阵容来做选译，使中国历史文化不成为专属于少数人的知识，使能看报纸的人都读懂自己民族的名著，从而树立爱国主义、建设有民族特色的精神文明，其意义之深远将会在今后愈益显露出来。”于是，有1000余万字的大工程便从这里开始了。

当年年底各研究所的今译书稿经作者完成后，由在该所的编委审改，到1987年5月和7月，先后在复旦大学、北京大学两次召开编委审稿会。这种审稿会，说是审稿，实际上是边审边改，字斟句酌，每部书稿必须经一位编委、一位常务编委审改把关，经过这样两道工序，汇总到主编手中，40部书稿通过了25部。其中部分书稿赶印了样稿征求意见。于是周林同志于7月6日在北大临湖轩邀请了在京十几位专家与正在审稿的编委一起研究样稿，探讨如何提高这套今译丛书的质量。

根据编委审稿发现的问题和在京专家们的意

见，从书亟需在已定体例的框架中条列细则；而出版单位巴蜀书社又希望所出版的第一批书为50种以便形成格局，需要布置各研究所承担新的今译任务。这样，1987年10月在华中师范大学再次召开了编委会，又请了詹锳、周振甫、刘乃和、郭预衡等先生到会指导。

这次编委会是在审看了40部书稿后，发现了一大批问题亟待解决，又是在需要布置下一步任务的状况下召开的，是一次承上启下的编委会。会议初期人们的心情和会上的气氛都带有一股子严峻与急切。会议从5日到8日开了三天半。但是在4日晚上开预备会的时候，主编章培恒先生尚未到会，亦无他是否已从上海出发的信息。5日上午就要开会了，主编不到怎么行呢？5日一早，我们还在沉睡之中，忽听有人敲门，进来的竟是章培恒！一向风神儒雅、衣装考究的章培恒先生，此时却是一身尘灰、满脸疲惫地站在我们面前。原来他从上海出发前，未能买到机票或船票，而上海到武汉又没有直达火车，只好先从上海坐火车到长沙，为了不误5日上午开会，他只好买了一张无座票，夜间从长沙出发一直站到武昌。一向走路辨不清方向的章培恒竟然在夜色未退之前一人从车站摸到了华中师大专家楼，也算是奇迹。

这次编委会，从体例的具体要求、书中选篇是否合适、每篇中的提示如何写、注释的繁简和语言的通俗性，到今译的信达雅如何把握，例如李白的“床前明月光，疑是地上霜，举头望明月，低头思故乡”这样通俗的诗是否要翻译，在在都有热烈的争论。感谢编委们的努力和学术判断力，最后终于形成了一个《细则》，一切争论都统一在这个《细则》之上。编委们在思想明确、分得新的任务之后，显出了少有的轻松与喜悦。会议结束正逢中秋节，华中师大的专家楼坐落在武昌桂子山上。入夜，桂子山上举行了赏月茶会，几张方桌，围坐着全体编委和特邀到会专家。天上明月如盘，清辉洒地，眼前桂树葱茏，桂花飘香，华中师大古籍研究所的青年们活跃席间，引得王达津先生即席赋诗，刘乃和先生清唱京戏。这气氛预示着《古代文史名著选译丛书》克服了当前的困难，第一批50种书稿有如母腹中的胎儿，快要降生了。

三、华清池畔的愁云与人民大会堂的欢欣

——第一批书出版的柳暗花明

1988年10月，编委们再一次聚会，审定第一批

50种中的最后十几部书稿、修改第二批50种中的大量书稿。这次审稿是在“东枕华山、西拒咸阳”的骊山脚下、华清池滨的一家招待所。这里古朴而不豪华，食宿低廉却又实惠，审稿之余，左近有风景可观，有古迹可寻，房内有43℃的温汤沐浴，编委们平日在校教学、科研工作劳累而生活清苦，如今有这样的环境与条件，感到少有的惬意。我们作为主编觉得这也是对编委们两年来辛勤编书的一点补偿。但这种适意之感很快就被两件事所驱散。一件事是书稿的质量。几十部书稿交来，一经审看，从注译到体例完全合格的只有寥寥可数的三四部，余下的，或需小改，或需大改，或根本不合格需退回重作。另一件事是出版发行成了问题。到会的巴蜀书社副社长黄葵同志向大家通报了即将印出的16本书征订情况，最多的为2000册，且只有一种，其他的只有800册、600册，甚至还有200余册。征订不佳，销路不畅，出书要赔钱，出版社为难，编委们又无计可施。此时哪还有心思去观赏“骊山云树郁苍苍，历尽周秦与汉唐”？也无心绪登上骊山，在烽火台前怀古。且正值“楼台八月凉”的节令，只有华清池畔秋雨飘零，秋风瑟瑟，落叶满地，不禁愁从中来。

愁则愁，还得面对现实。书稿质量不高，靠到会近20位编委十余天的逐字逐句修改，终于改定合格17部。至于出版发行问题，巴蜀书社的朋友费心经营，重新设计了封面，改进装帧，将第一批50种装成一个大礼品盒，成盒出售。从中又得到了国家新闻出版署、四川省出版局、国家教委有关司局和各省市教委的大力支持与帮助，发行面得以扩大，到了1990年下半年，首印的17000套书销售已尽，而问讯、索购者不绝，出版社决定再印30000套以供读者需要。中央领导了解到这套丛书受到读者欢迎，欣然为丛书题辞，江泽民总书记的题辞是“做好我国古代文史名著的传播普及工作，使其古为今用，以发扬爱国主义精神”，李鹏总理的题辞是“弘扬民族优秀文化，激励爱国主义精神”。李瑞环同志也为丛书题了辞。

1990年8月22日在北京人民大会堂召开了《古代文史名著选译丛书》出版座谈会。国家领导人李铁映、胡乔木、李德生、陈丕显、廖汉生、王汉斌、王光英出席，古委会主任周林同志主持会议，到会各阶层代表在发言中从不同角度肯定了这套书对促进青少年了解历史、了解国情、了解中华民族优秀传统文化、进行爱国主义教育的作用。时值盛夏，却逢喜雨，洗却了编委和出版社同志心中的忧虑，参加大会堂座谈会的13名常务编委会后又聚集在北京大学讨论深入认识编纂这套丛书的重大意义，研究审改好第二批书稿的具体措施。

四、从舜耕山庄耕作到乐山脚下

——第二批书稿审定之艰辛

第二批书稿50种50册，是1987年10月布置的。1988年10月在西安审改合格的17部书稿都已放入第一批中以替换原已通过的第一批中质量较差的书稿。这样，第二批书稿当时余下的已完成的有20余部，却都不合格，只能要求译注者和编委再行修改。一年之后，编委会汇总来重新改好和新译注交来的第二批书稿44部，1989年10月于济南千佛山下的舜耕山庄召开了常务编委审稿会。

这次审稿，发现的问题较多。有的选目不当，如有的史书重要人物的传不选却选入无关紧要而又无学习价值的人物传，有的名家的文章名篇不选却选入既无文学价值又无借鉴意义的篇章。有的选译所依据的底本不当，舍弃现有的精校本却用校勘不善的本子。有的虽有根据地改动正文却只在注释中说"原作……据别本改",而不指明据何本改。有的注释过繁,不利于一般读者阅读;有的注释极简,该注释的地方不注,使广大读者看了译文仍无法理解全文的精妙;而更多的是注释不准确,对一字一词增字为训而歪曲了原意的毛病也较普遍。译文问题更多,有的语义不清,佶屈聱牙,把"三顾频烦天下计,两朝开济老臣心"译为"三顾茅庐频烦为天下大计,两朝事业开济尽老臣忠心",有的为追求通俗生动把"君何往"中的"君"译为"老兄"。每篇的提示,有的写得很长变成了文章赏析,有的虽短却不中肯綮,用了类似"文革"期间的语言扣几顶大帽子了事。看这样的稿子都觉头痛,改这样的稿子更感艰难。审稿历时12天,参加审稿、当时63岁的黄永年先生向我们诉苦:"头发掉了一把!"有的编委说,千佛山古称历山,传说舜在这里开垦耕耘,十分艰辛,我们住在舜耕山庄,预示着我们为这套丛书垦荒笔耕,也要历尽千辛。这次审稿,经过审改之后,有10部书稿合格,有11部需会后再作小的修改方能通过,余下的均需作大的改动或另请人译注。

这次审稿还研究了所选戏曲部分的曲辞如何今译问题，如规定了念白中出现的诗句只注不译，上、下场诗只注不译，注而不译的文字在译文中应予保留以便参读。

到1990年12月，丛书常务编委在广州研究丛书如何体现批判继承精神、如何提高第二批书稿质量时，又有18部书稿完成交来。为了保证书稿质量，使1991年上半年召开的常务编委审稿会得以顺利进行，我们三个主编从广州匆匆赶到北京，用了一周时间审看了这18部书稿，通过了7部，11部退改。当我们看完最后一部书稿碰头研究时，已是12月31日。在1990年一年内，我们仅仅通过了这7部书稿。加上1989年在舜耕山庄通过的10部，也仅有17部，尚差33部方足第二批的50部。

1991年5月，常务编委来到古称嘉州的乐山市，在乐山山腰的八仙洞宾馆继续审改第二批书稿。改稿时间只有十天，要力争将50部推出，其繁重可知。我们在改稿过程中，不禁想到明万历年间嘉州知州袁子让的诗句“登临始觉浮生苦”，想到这套丛书从起步到这次审改已历时5年，当初怎么也没有想到完成这套丛书会是如此的艰辛，真是登临始觉笔耕苦啊！

这次乐山审稿，通过了13部书稿。好在余下的20部书稿只须小改即可在会后交稿，终于在1991年8月将这20部书稿全部改定交巴蜀书社。第二批50部历时近四年终于定稿了。

五、在金陵古都作光辉的一结

——第三批书稿的完成

1990年12月据出版社的要求，这套丛书出齐当为150种，到乐山会上又修正为110种至125种，最后数字的确定根据最后一次审稿结果而定，合格的即入选，不合格的不再修改选入。根据这一共识，今年4月中旬，我们一部分常务编委聚集到六朝古都南京，从已经交来的35部书稿中选择经小改合格的书稿。经过十一天的劳作，选择、改定33部，由到会的常务编委、巴蜀书社的段文桂总编和编委、巴蜀书社的刘仁清副编审带回成都，将经由他们的继续辛苦而使《古代文史名著选译丛书》以133部、1500万字之数呈献给热爱中华文化的读者。

这套丛书从1986年5月起步，历时整整六年，平日繁细工作不计，仅编委大小审稿会就开了12次之多。丛书的发起人、顾问、古委会主任周林同志先后参加了8次审稿会，每次都自始至终和大家在一起，听取审稿情况，了解遇到的问题；当我们遇到困难的时候他为我们鼓劲，当我们感到欣喜的时候他提醒我们不可大意。这次他又和我们一起来到虎踞龙蟠的石头城下，为我们督阵，看我们能否为这套丛书作出光辉的一结。

此时此刻，我们与这次会议的东道主、丛书常务编委、南京大学的周勋初先生漫步在中山陵旁，想到今译丛书已基本完成，自然感到如释重负，但理智却使我们不敢轻松，我们期待着全书133部出齐之后专家、读者的评头品足。

1992年4月26日

（原载《中国典籍与文化》1992年第1期）

古代文史名著选译丛书(修订版)总目

丛书主编:章培恒　安平秋　马樟根

书　名	译注者	审阅者	定价/元
老子注译	张玉春　金国泰	安平秋	16.00
庄子选译	马美信	章培恒	18.00
荀子选译	雪　克　王云路	董治安　许嘉璐	19.00
申鉴中论选译	张　涛　傅根清	董治安	18.00
颜氏家训选译	黄永年	许嘉璐	15.00
论语注译	孙钦善	宗福邦	28.00
孟子选译	刘聿鑫　刘晓东	黄　葵	20.00
墨子选译	刘继华	董治安	14.00
韩非子选译	刘乾先　张在义	黄　葵	19.00
新序说苑选译	曹亦冰	倪其心	25.00
论衡选译	黄中业　陈恩林	许嘉璐	22.00
管子选译	缪文远　缪　伟	董治安	18.00
列子选译	王丽萍	周勋初　倪其心	19.00
韩诗外传选译	杜泽逊　庄大钧	董治安	24.00
盐铁论选译	孙香兰　刘光胜	黄永年	13.00
诗经选译	程俊英　蒋见元	刘仁清	19.00
楚辞选译	徐建华　金舒年	金开诚	15.00
贾谊文选译	徐　超　王洲明	安平秋	17.00
司马相如文选译	费振刚　仇仲谦	安平秋	11.00
文心雕龙选译	周振甫	黄永年	17.00
庾信诗文选译	许逸民	安平秋	18.00

书　名	译注者		审阅者		定价/元
嵇康诗文选译	武秀成		倪其心		18.00
谢灵运鲍照诗选译	刘心明		周勋初		18.00
陈子昂诗文选译	王　岚		周勋初	倪其心	14.00
李白诗选译	詹　锳	等	章培恒		22.00
高适岑参诗选译	谢楚发		黄永年		23.00
元稹白居易诗选译	吴大逵	马秀娟	宗福邦		21.00
柳宗元诗文选译	王松龄	杨立扬	周勋初		18.00
李贺诗选译	冯浩菲	徐传武	刘仁清		20.00
杜牧诗文选译	吴　鸥		黄永年		14.00
李商隐诗选译	陈永正		倪其心		19.00
唐五代词选译	亦　冬		董治安		16.00
唐文粹选译	张宏生		周勋初		18.00
晚唐小品文选译	顾歆艺		平慧善		15.00
黄庭坚诗文选译	朱安群	等	倪其心		18.00
辛弃疾词选译	杨　忠		刘烈茂		24.00
元好问诗选译	郑力民		宗福邦		20.00
宋四家词选译	王晓波		倪其心		16.00
黄宗羲诗文选译	平慧善	卢敦基	马樟根		15.00
吴伟业诗选译	黄永年	马雪芹	安平秋		20.00
方苞姚鼐文选译	杨荣祥		安平秋		20.00
明代散文选译	田南池		马樟根		22.00
顾炎武诗文选译	李永祜	郭成韬	刘烈茂		23.00
张衡诗文选译	张在义	张玉春	刘仁清		16.00
	韩格平				
汉诗选译	张永鑫	刘桂秋	金开诚		19.00

书　名	译注者		审阅者		定价/元
阮籍诗文选译	倪其心		刘仁清		15.00
三曹诗选译	殷义祥		刘仁清		22.00
诸葛亮文选译	袁钟仁		董治安		16.00
陶渊明诗文选译	谢先俊	王勋敏	平慧善		16.00
杜甫诗选译	倪其心	吴　鸥	黄永年		17.00
王维诗选译	邓安生	等	倪其心		20.00
刘禹锡诗文选译	梁守中		倪其心		20.00
孟浩然诗选译	邓安生	孙佩君	马樟根		18.00
韩愈诗文选译	黄永年		李国祥		20.00
欧阳修诗文选译	林冠群	周济夫	曾枣庄		20.00
曾巩诗文选译	祝尚书		曾枣庄		19.00
苏轼诗文选译	曾枣庄	曾　弢	章培恒		23.00
李清照诗文词选译	平慧善		马樟根		15.00
陆游诗词选译	张永鑫	刘桂秋	黄　葵		24.00
朱熹诗文选译	黄　珅		曾枣庄		20.00
文天祥诗文选译	邓碧清		曾枣庄		20.00
袁枚诗文选译	李灵年	李泽平	倪其心		20.00
王安石诗文选译	马秀娟		刘烈茂	宗福邦	18.00
二程文选译	郭　齐		曾枣庄		25.00
范成大杨万里诗词选译	朱德才	杨　燕	董治安		26.00
萨都剌诗词选译	龙德寿		曾枣庄		28.00
王阳明诗文选译	吴　格		章培恒		18.00
徐渭诗文选译	傅　杰		许嘉璐	刘仁清	17.00
李贽文选译	陈蔚松	顾志华	李国祥	曾枣庄	17.00

书　名	译注者		审阅者	定价/元
三袁诗文选译	任巧珍		董治安	17.00
王士禛诗选译	王小舒	陈广澧	黄永年	13.00
龚自珍诗文选译	朱邦蔚	关道雄	周勋初	13.00
尚书选译	李国祥 谢贵安	刘韶军 庞子朝	宗福邦	14.00
礼记选译	朱正义	林开甲	宗福邦	22.00
左传选译	陈世铙		董治安	22.00
国语选译	高振铎	刘乾先	黄　葵	22.00
战国策选译	任　重	霍旭东	李国祥	21.00
吕氏春秋选译	刘文忠		董治安	17.00
吴越春秋选译	郁　默		倪其心	19.00
史记选译	李国祥 张三夕	李长弓	安平秋	29.00
汉书选译	张世俊	任巧珍	李国祥	22.00
后汉书选译	李国祥 彭益林	杨　昶	许嘉璐	24.00
三国志选译	刘　琳		黄　葵	18.00
晋书选译	杜宝元		许嘉璐	15.00
宋书选译	漆泽邦	孔　毅	李国祥	19.00
南齐书选译	徐克谦		周勋初	18.00
北齐书选译	黄永年		安平秋	16.00
梁书选译	于　白		周勋初	17.00
陈书选译	赵　益		周勋初	17.00
南史选译	漆泽邦		安平秋	22.00
北史选译	刁忠民		段文桂	20.00

书　名	译注者	审阅者	定价/元
周书选译	黄永年	安平秋	15.00
魏书选译	杨世文　郑　晔	周勋初	22.00
隋书选译	武秀成　赵　益	周勋初	20.00
新唐书选译	雷巧玲　李成甲	黄永年	16.00
旧唐书选译	黄永年	章培恒	16.00
新五代史选译	李国祥　王玉德 姚伟钧	周勋初	18.00
旧五代史选译	贾二强	黄永年	17.00
宋史选译	淮　沛　汤　墨	曾枣庄	20.00
辽史选译	郭　齐　吴洪泽	曾枣庄	21.00
金史选译	杨世文　祝尚书 李文泽　王晓波	曾枣庄	21.00
元史选译	樊善国　徐　梓	马樟根	25.00
明史选译	杨　昶	李国祥	20.00
清史稿选译	黄　毅	章培恒	22.00
贞观政要选译	裴汝诚　王义耀	黄永年	18.00
史通选译	侯昌吉　钱安琪	周勋初	16.00
资治通鉴选译	李　庆	黄永年	16.00
续资治通鉴选译	徐光烈	安平秋	24.00
通鉴纪事本末选译	谈蓓芳	章培恒	21.00
洛阳伽蓝记选译	韩结根	章培恒	22.00
梦溪笔谈选译	李文泽	曾枣庄	20.00
徐霞客游记选译	周晓薇　等	黄永年　马樟根	17.00
宋代笔记小说选译	朱瑞熙　程君健	金开诚等	19.00
关汉卿杂剧选译	黄仕忠	刘烈茂	24.00

书　名	译注者	审阅者	定价/元
明代文言短篇小说选译	黄　敏	章培恒	23.00
六朝志怪小说选译	肖海波　罗少卿	刘仁清	21.00
世说新语选译	柳士镇　钱南秀	周勋初	23.00
水经注选译	赵望秦　段塔丽　张艳云	许嘉璐	19.00
唐人传奇选译	周　晨	曾枣庄	24.00
唐五代笔记小说选译	严　杰	周勋初	21.00
大慈恩寺三藏法师传选译	贾二强	黄永年	18.00
宋代传奇选译	姚　松	周勋初	22.00
聊斋志异选译	刘烈茂　欧阳世昌	章培恒	22.00
阅微草堂笔记选译	黄国声	安平秋	16.00
清代文言小说选译	王火青	周勋初	23.00
历代名画记图画见闻志选译	周晓薇　赵望秦	黄永年	17.00
容斋随笔选译	罗积勇	宗福邦	20.00
唐才子传选译	张　萍　陆三强	黄永年	24.00
西厢记选译	王立言	董治安	20.00
元代散曲选译	彭久安	刘烈茂　金开诚	21.00
日知录选译	张艳云　段塔丽	黄永年	22.00
桃花扇选译	张文澍	章培恒　段文桂	15.00
牡丹亭选译	卓连营	章培恒	14.00
长生殿选译	戚海燕	董治安	20.00